U0163926

兒童文學與書目（三）

林文寶　著

張晏瑞　主編

自序

　　有關書目的研究與蒐集，雖然有所謂目錄學，但目前似乎不受重視。個人自一九七一年踏入師專執教，一九七三年開始講授兒童文學，當時的兒童文學，是一片有待開發的場域，於是個人即著手收集有關的論述與文本的書目。

　　正式將兒童文學有關書目書寫，並刊登發表，或始於一九八三年四月《海洋兒童文學》第一期，篇名〈好書書目——兒童文學入門必讀〉。距離踏入師專已超過十年，這是個人學術生涯的另次轉向。

　　到師專任教，就學術研究而言，最大的受益是社會科學為我開啟科學性研究的另一扇窗。一般而言，人文學科的論述以敘事、演繹為主；而社會科學的論述則以實證、歸納為主。七○年代中期教育學引進所謂教育研究方法的新取向，亦即所謂質的研究法，這種質的研究法，其實就是從量化轉質化的敘事方向。

　　傳統的中文系統，缺乏研究方法的訓練，當時社會科學研究方法使我打通了人文學科與社會科學的通道。其中參考文獻的書寫最為明顯，也讓我開始對殖民文化的自覺。

　　個人在七○年代研究論著中的參考文獻，皆缺乏出版年、月的概念。直至八○年代起始有出版年、月的概念，無奈又發現現行中文學術論著中的參考文獻中只記年不記月，我們在接受現代化與多元文化的過程中，時常以改變基因為首要之務，也因此沒有了歷史與記憶。在七○年的反省與細絮過程中，難忘的是陳伯璋《教育研究方法的新取向》（南宏圖書公司，1988年3月）一書對我在研究方法的啟蒙；同

時也驚訝《中華民國兒童圖書目錄》（正中書局，1957年11月）中對
書目的編列方式（二書書影如下）。

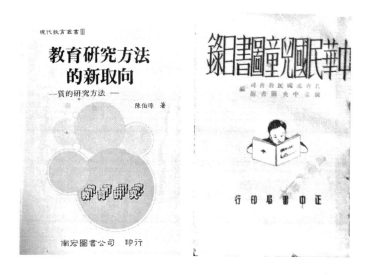

　　《海洋兒童文學》是我正式踏入社會服務的學術活動。每期除
〈兒童讀物超級市場〉專欄外，並有一篇論述。為不使作者重複出
現，〈兒童讀物超級市場〉撰文皆署名江辛。

　　《東師語文學刊》則是接掌語文教育系後，發行的學術年刊，當
然每期也有年度書目。

　　至於《兒童文學學刊》，則是一九九七年兒童文學研究所設立後
的學術刊物。

　　三個時期的書目書寫，同中有異。其同皆是為兒童文學的學術砌
磚，也就是為兒童文學學術研究留下資料，以供研究者取用；其異則
是呈現各時期的不同書寫方式。且因篇幅多，分為三冊印行。

　　個人在書目收錄過程中，是以「眼見」為憑，且以個人購買為
主。而所有年度書目書寫中，亦有發表於其他刊物者，如下列二表所
示：

其他雜誌刊登目錄

	文章	出處	頁數	出版年月
1	1995年度兒童文學書目	臺北市立圖書館館訊季刊十三卷三期	115-122	1996年3月15日
2	1997年兒童文學紀要	出版界第54期	35-41	1998年5月25日
3	溫馨的童話 —— 1989年兒童文學的創作與活動	文訊第164期	43-50	1999年6月
4	回首1999年 —— 臺灣兒童文學的創作與活動	第七屆師院創作集《阿德歷險記》	311-324	2000年6月
5	1999年臺灣兒童讀物出版概況	兒童文學家季刊26期	34-36	2000年7月

《臺灣文學年鑑》中有關兒童文學者

年鑑年度	文章	作者	頁數	執行製作	出版年月
1997	兒童文學的創作、活動教學與研究	林文寶	頁40-49	文訊雜誌社	1998年6月
	兒童文學書目錄	林文寶	頁264-268		
1998	臺東大學兒童文學研究所	林積萍	頁198	文訊雜誌社	1999年6月
	兒童文學的創作與活動	林文寶	頁40-48		
	兒童文學書目錄	林文寶	頁239-243		
1999	兒童文學的創作與活動	林文寶	頁48-53	文訊雜誌社	2000年10月
	兒童文學書目錄	林文寶	頁262-270		

年鑑年度	文章	作者	頁數	執行製作	出版年月
2000	臺灣兒童文學論述、創作及翻譯書目	林文寶 嚴淑女	頁76-90	前瞻公關股份有限公司	2002年4月
2001	橫看成嶺側成峰——2001年臺灣兒童文學觀察紀實	邱各容	頁121-122	靜宜大學	2003年4月
	2001年兒童文學書目	編輯部	頁201-220		
2002	安徒生在臺灣	林文寶 蔡正雄	頁93-99	靜宜大學	2003年9月
	2002年兒童文學新書出版要目	編輯部	頁236-243		
2003	2003年兒童文學新書出版要目	編輯部	頁207-210	靜宜大學	2004年8月
2004	2004年臺灣兒童文學概況	林文寶 王宇清	頁81-85	靜宜大學	2005年7月
	2004年兒童文學新書出版要目	資料處理中心	頁178-190		
2005	臺灣兒童文學概述	徐錦成	頁82-92	國家臺灣文學籌備處	2006年10月
	兒童文學書目	林文寶提供，文學館編輯整理	頁195-201		
2006	臺灣兒童文學概述	徐錦成	頁83-89	國立臺灣文學館	2007年12月
	兒童文學新書分類選目	林文寶提供，文學館編輯整理	頁227-238		

年鑑年度	文章	作者	頁數	執行製作	出版年月
2008	臺灣兒童文學創作概述	許建崑	頁64-69	國立臺灣文學館	2009年12月
	臺灣兒童文學研究概述	邱各容	頁87-91		
	兒童文學新書分類選目概述	林文寶 陳玉金	頁212-214		
	兒童文學新書分類選目	林文寶提供，文學館編輯整理	頁215-227		

　　其間，臺灣文學館年度臺灣文學年鑑，自一九九七到二〇〇八年的兒童文學書目，除二〇〇一到二〇〇三年外，皆由個人所提供。而個人有關兒童文學書目的收錄皆止於二〇〇九年（筆者於二〇〇九年一月三十一日自臺東大學兒童文學研究所退休）。

　　個人除年度書目外，亦有各種專題型的書目，這些書目皆已收錄於個人的「兒童文學叢刊」系列著作中。除外，並有獨立刊行者如：《語文科教學參考資料彙編》、《「臺灣地區1945-1998年兒童文學一百本評選活動」候選書目》、《臺灣兒童文學100（1945-1998）》、《彩繪兒童又十年》、《2007臺灣兒童文學年鑑》、《臺灣原住民圖畫書50》、《臺灣兒童圖畫書精彩100》等七本（書影如下）。

1998年

1999年

2000年3月

2000年6月

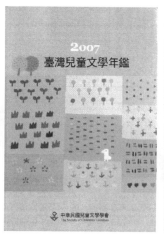

2008年6月

2011年8月

2011年12月

　　有關年度書目書寫，刊登於前述三個刊物者為正文。如今有機會收錄成書，並將各期刊物封面置列於文章前面，這些刊物曾是我盡心盡力的場域，所謂敝帚自珍是也，煩請見諒。

　　又，年度書目撰寫的署名，雖然有各種不同署名方式，基本上書目皆是我所提供。自一九八七年以後，無論並列署名者或獨自署名，皆有不同時期助理協助，年度書目書寫得以持續進行，於此特別感謝各時期的助理們。

目次

一九八八年兒童文學大事紀要

邱各容

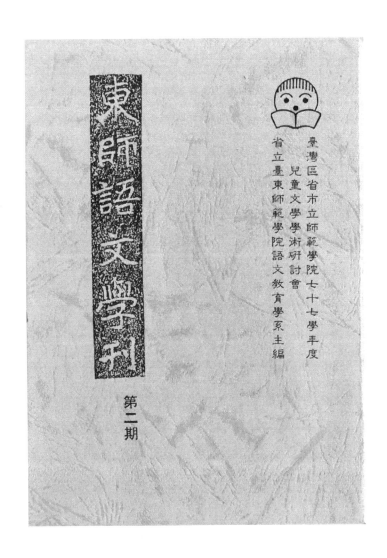

元月

十二日　高雄市兒童文學寫作學會，第七屆兒童文學創作柔蘭獎揭
　　　　曉。各組第一名分別是兒童小說組許玉蘭、兒童故事組陳梅
　　　　英、兒童劇本組陳惠珍、兒童詩歌組蔡銘津。

十八日　信誼基金會幼兒圖書館開幕，並邀請日籍兒童讀物插畫名家
　　　　安野光雅演講「我的圖畫書」。

十九日　信誼基金會主辦的第一屆幼兒文學獎，在知新藝術生活廣場
　　　　舉行頒獎典禮。得獎名單如下：
　　　　圖畫書獎：起床啦！皇帝（文／郝廣才、圖／李漢文），評審
　　　　委員獎：葉子鳥（文／孫晴峰、圖／市川利夫）、佳作獎：
　　　　媽媽，買綠豆（文／曾晴陽、圖／萬華國）。當日同時邀請
　　　　日本福音館海外部主任穗積保，演講「亞洲兒童圖書出版未
　　　　來的方向」。

卅　日　第十四屆洪建全兒童文學創作獎，在該基金會五樓音樂廳舉
　　　　行頒獎典禮。

卅一日　臺北市《兒童文學教育學會通訊》第一卷第一期創刊（雙月
　　　　刊），發行人王天福、主編李新海。

二月

本　　月　臺灣省立彰化社教館，舉辦中部五縣市兒童詩創作比賽，承
　　　　辦單位是臺中市文化基金會。

三月

六　日　中華民國兒童文學學會第二屆第二次理監事聯席會議，暨第

二次常理事會議在東方出版社舉行。討論事項計有地區召集人、服務組長人選案、圖書館開放規則案、年度工作計劃案、年會分組論文案、會訊主題文章、專題策劃、封面設計人選案、會旗會歌案、學會簡介案、學會基金籌募案。

十四日 淡江大學法文系舉辦文學週系列活動，本日邀請教資系兼任講師許義宗主講「跟兒童講故事的技巧」。

十五日 淡江大學法文系文學週系列活動，本日邀請資深編輯林煥彰主講「兒童詩欣賞及寫作」。晚上假該校實驗劇場演出兒童文學戲展。

十六日 淡江大學法文系文學週系列活動，本日邀請新學友兒童週刊顧問鄭明進主講「兒童文學與兒童繪畫」。

十七日 淡江大學法文系文學週系列活動，本日邀請東方出版社總經理邱各容主講「國內兒童讀物出版現況」。

十八日 淡江大學法文系文學週系列活動，假該校城區部會議室舉辦「我國兒童文學的展望」座談會，由賴金男、馬景賢共同主持，林良、鄭明進、林煥彰、李雀美、邱各容等應邀出席座談。

十九日 淡江大學法文系文學週系列活動，本日舉辦說兒童文學故事比賽。

廿　日 中國時報文化版，假紫藤廬舉行兒童文學座談會，鄭明進、曹俊彥、洪文珍、吳英長、邱各容、劉宗銘應邀出席。

廿六日 新生兒童月刊、東方出版社、中視新聞部假新生藝廊舉行「彩色童年插畫展」，計有鄭明進等廿七位插畫家應邀參展，為期九天。
中華民國兒童文學學會圖畫書研究小組正式成立，並召開討論會，成員有鄭明進、曹俊彥、洪義男、劉宗銘、蘇振明、

徐素霞、孫晴峰、吳英長、洪文珍、洪文瓊等人。

廿七日　臺南縣政府舉辦第二屆兒童文學創作徵文比賽，即日起到四月三十日止，對象是中小學師生及幼稚園教師。

四月

一　日　《聯合文學》第四十二期推出「兒童文學小專輯」，計有〈兩岸兒童文學之發展及現狀〉（邱各容）、〈兒童詩四首〉（李益維）、〈眼睛夢遊記〉（彭雅玲）、〈海底世界〉（陳芳蘭）。

　　　　《書香廣場》第十七期推出兒童文學專輯，計有〈國內兒童文學出版現況〉（邱各容）、〈中國孩子需要的書〉（郭震唐）、〈精挑細選兒童讀物〉（陳玫如）等。

二　日　益華文教基金會魔奇兒童劇團，即日起一連三天假國立臺灣藝術館演出「爸爸的童年」兒童舞臺劇，包括「獵人與馬」、「淘氣精靈」、「爸爸的童年」三齣戲。

　　　　國立中央圖書館臺灣分館，和智茂文化事業公司主辦的世界兒童書大展，於下午三時在臺灣分館三樓揭幕，為期九天，計展出亞、歐、美、非、澳五大洲四十餘國兒童圖書二千餘冊。

三　日　《中央日報》星期增刊第十三期，刊出兒童節專輯，〈永恆的春天——兒童文學開步走〉（李泥）。

　　　　《自立晚報》推出兒童節特別企劃，〈訪嚴友梅談兒童文學創作〉（阮愛惠）、〈兒童文學的今與昔〉（邱各容）。

四　日　《聯合報》兒童文學節專輯：〈春天的使命〉。聯副〈兒童戲劇專輯導言〉（汪其楣）、〈夾心餅乾〉（謝瑞蘭）。

　　　　《中華日報》刊出〈兒童文學的多向發展〉（林良）、〈兒童文學二三事〉（邱各容）。

《臺灣新生報》刊出兒童節兒童文學專輯，計有〈給他們最好的〉（林煥彰）、〈尷尬少年〉（李潼）、〈兒歌大家唱〉（馮輝岳）、〈我喜歡〉（孫晴峰）。

《大華晚報》刊出〈兒童讀物的出版與編輯〉（林麗娟）。

九　日　中華民國兒童文學學會，與國立中央圖書館臺灣分館聯合主辦「如何展現兒童讀物的民族風格座談會」，由林良、馬景賢主持，鄭明進、洪文瓊擔任代言人。

十　日　益華文教基金會魔奇兒童劇團，假高雄市中正文化中心演出「爸爸的童年」兒童舞臺劇。

十二日　益華文教基金會魔奇兒童劇團，假臺中省立圖書館中興堂演出「爸爸的童年」兒童舞臺劇。

卅　日　韓國兒童文學家宣勇，假東方出版社四樓會議室中華民國兒童文學學會，致贈「促進兒童文學交流」紀念牌，並以「明日的韓國兒童文學」為題發表演說。會後並和國內兒童文學界馬景賢、林煥彰、賴西安、陳木城、謝武彰、洪義勇、林立、林政華、趙天儀、蕭奇元、邱各容等交換意見。

《童心童語》（童詩指導研究），新雨出版社出版，作者朱錫林，廿五開，定價七十元。

《世界少年小說選集 II》，純文學出版社出版，全套六冊，廿五開，定價二九五元。

五月

一　日　國語時報創刊，報禁解除後出刊的兒童報紙，社長翁嘉宏，發行人翁嘉龍，八開，每日四大張。

八　日　水芹菜兒童劇團下午三時，假國立臺灣藝術教育館，演出「動物狂想曲」兒童劇。

《全國兒童週刊》創刊，發行人陳達弘，社長葉柏成，總編輯林煥彰，每週四大張，八開。

十五日 中華民國兒童文學學會第二屆第三次理監事聯席會議，暨第三次常務理事會議，下午二時假光復書局會議室召開。討論事項計有：今年度研習活動主題、課程、講師，年度年會論文、作品討論會主題及舉辦形式，決議第二屆服務組組長及各地區召集人選，「鄭彥棻文教基金會」每年提撥十萬元補助本會舉辦兒童文學獎，舉辦兒童插畫原作義賣以籌募基金，推薦一九八八年度推行社會教育有功團體，決議今年推薦對象，推選評審委員，評審會員申請中山及國家文藝。

中共新華社報導上海少年兒童出版社與臺灣一家書店簽約，合約內容包括九本圖畫故事書和一套十四冊百科全書《十萬個為什麼》。

六月

一　日 《滿天星兒童詩刊》第四期出刊。

四　日 信誼基金會公布第二屆「信誼幼兒文學獎」徵稿辦法，設圖畫書、文字創作（包括童詩集、兒歌集、劇本、研究論文）兩項獎；獲圖畫書獎可得獎金二十萬元，獲文字創作獎者可得十萬元，另設佳作數名，獎金五萬元，收件時間從九月十五日到三十日止。

五　日 高雄市一九八八年度少年劇展成績評定，民族、新莊兩國小獲團體優勝獎，頒獎典禮定九日晚，假文化中心舉行。

六　日 行政院新聞局宣布一九八八年度優良廣播兒童節目得獎名單，得獎的有六個節目，各得獎金五萬元，獎牌一面。第一類（每週播出一至二次者）：小小圖書館（漢聲電臺臺北

臺）、正聲兒童科學園地（正聲臺北臺）、快樂小叮噹（警廣臺中臺）。第二類（每週播出三次以上者）：妙妙世界（漢聲臺中臺）、兒童樂園（教育廣播電臺）、晚安小朋友（漢聲臺北總臺）。

廿　日　《兒童日報》發行試刊報。

卅　日　《抬摃》（兒童語文叢書）出版，作者吳美川，卅二開，每冊定價一二〇元。

七月

二　日　財團法人行天宮附屬圖書館舉辦「如何為孩子選擇課外讀物」座談會，沈謙、鄭明進、邱各容應邀出席。

九　日　中華民國兒童文學學會和大地藝術中心聯合主辦「詩畫童心──插畫家和文學家聯展」。即日起在臺北市光復南路二八六號大地藝術中心舉行，為期十三天。當天下午林良先生發表「理想的兒童讀物出版家」專題演講。

十　日　配合「詩畫童心──插畫家和文學家聯展」，本日由馬景賢發表「兒童讀物與兒童」專題演講。

十六日　配合「詩畫童心──插畫家和文學家聯展」，本日由徐守濤發表「讓童詩伴著孩子長大」專題演講。

十七日　配合「詩畫童心──插畫家和文學家聯展」，本日由鄭明進發表「如何欣賞優秀的兒童讀物插畫」專題演講。

廿三日　中華民國兒童文學學會主辦的「兒童讀物編輯講座」本日由林良主講文編、美編的功能與職責。

廿九日　中華民國兒童文學學會第二屆第四次常務理事會假臺北市長安東路二段二十號三樓舉行。會中決議擬定「中華民國兒童

文學學會兒童文學獎」和「年度優良兒童圖書金龍獎」等草案。由馬景賢負責策劃舉辦「兒歌函授班」。

卅　日　中華民國兒童文學學會主辦的「兒童讀物編輯講座」本日由潘人木主講兒童讀物編輯規劃與執行。

林守為編著的《兒童文學》修訂版，由五南圖書出版公司出版，廿五開，平裝本，四五〇頁，定價二八〇元。

八月

一　日　兒童科學雜誌──《小小科學眼》發行二十三期後，宣告停刊。

六　日　中華民兒童文學學會主辦的「兒童讀物編輯講座」本日由馬景賢主講資料蒐集與應用。

八　日　新環境基金會、主婦聯盟主辦，九歌兒童劇團主演的「兒童安全維他命」本日在臺北市社教館演出。

九　日　新環境基金會、主婦聯盟主辦，九歌兒童劇團主演的「兒童安全維他命」本日在臺北縣立文化中心演出。

十三日　中華民國兒童文學學會主辦的「兒童讀物編輯講座」本日由洪文珍主講書名與標題製作。

十六日　杯子劇團即日起在臺北市南海路國立藝術館演出「鏡裡奇遇記」，為期四天。

廿　日　中華民國兒童文學學會主辦的「兒童讀物編輯講座」本日由蔡尚志主講約稿、審稿、退稿要領。

廿七日　中華民國兒童文學學會主辦的「兒童讀物編輯講座」本日由林武憲主講順稿與校對作業。

九月

一　日　《兒童日報》創刊，董事長林春輝，發行人林宏田，總編輯
　　　　洪文瓊。該報並假臺北市福華大飯店福華廳舉行創刊酒會。

三　日　中華民國兒童文學學會主辦的「兒童讀物編輯講座」本日由
　　　　鄭明進主講如何選用圖片、配置插圖。

十　日　中華民國兒童文學學會主辦的「兒童讀物編輯講座」本日由
　　　　曹俊彥主講兒童讀物版面設計（封面、刊頭、扉頁、內
　　　　頁）。

十一日　中華民國兒童文學學會第二屆第四次理監事聯席會議在臺北
　　　　市東方出版社會議室舉行，會中作成數項決議：（一）決定
　　　　十一月二十七日為今年年會日期，原則上在臺北市舉行。
　　　　（二）推選年會而工作小組組長為總務組陳正治，議事組陳
　　　　木城，服務組洪義勇，論文組鄭明進。（三）第一屆中華兒
　　　　童文學獎，「一九八八年度優良兒童圖書金龍獎」即日起到
　　　　九月底接受報名。（四）推選鄭明進等五人為工作小組，負
　　　　責製作中華兒童文學獎及優良兒童圖書金龍獎的獎座及金龍
　　　　獎徽章。設計費各為新臺幣二萬元正。（五）會歌由陳木城
　　　　所作的歌詞獲選，交林武憲負責找人譜曲，會旗由曹俊彥設
　　　　計完成。（六）由鄭明進、邱各容、李雀美、陳木城、林武
　　　　憲、蘇尚耀、陳正治組成「臺灣光復四十年兒童刊物回顧
　　　　展」工作小組。

十七日　中華民國兒童文學學會主辦的「兒童讀物編輯講座」本日由
　　　　林澤農主講電腦排版與印刷基本常識。

廿四日　中華民國兒童文學學會主辦的「兒童讀物編輯講座」本日由
　　　　黃瑀主講成本計算基本知識。

由鄭彥棻文教基金會與中華民兒童文學學會主辦的「第一屆中華兒童文學獎」截止收件，計有文學類廿一件，美術類六件。

參加一九八八年度「優良兒童圖書金鼎獎」共有十八家出版社，一〇〇種四八一冊兒童圖書提出申請。

十月

一　日　中華民國兒童文學學會主辦的「兒童讀物編輯講座」本日由蕭雄淋主講現行版權法基本知識。

二　日　「一九八八年度圖書出版金鼎獎」得獎名單公布：（一）《幼獅少年》獲得優良兒童少年雜誌類金鼎獎。（二）《穿紅背心的野鴨》獲得優良兒童文學類金鼎獎。（三）《小小科學眼》、《小牛頓》獲評定為優良兒童雜誌，《葉子鳥》、《創意童話》為優良兒童圖書。

八　日　中華民兒童文學學會主辦的「兒童讀物編輯講座」本日由楊孝溁主講兒童讀物可讀性問題。

　　　　兒童文學史料工作者邱各容在中國大百科出版公司上海招待所和大陸兒童文學史料工作者胡從經會晤。

十一日　兒童文學史料工作者邱各容在中國大百科出版公司上海招待所與大陸當代兒童文學家洪汛濤會晤。

十五日　中華民國兒童文學學會主辦的「兒童讀物編輯講座」本日由潘人木、曹俊彥、謝武彰、許瑞娟等共同主持資深編輯經驗座談。

十一月

三　日　東方出版社舉辦「大陸兒童文學座談會」，馬景賢、華霞菱、蘇尚耀、嚴友梅、黃海、陳木城、邱各容等人出席座談。

十　日　兒童文學賴西安（李潼）以《大聲公》一書榮獲第廿三屆中山文藝獎（兒童文學類）。

十三日　臺灣省政府教育廳主辦的兒童文學創作獎即日起到十二月二十日在臺中市省立臺中圖書館出版組收件，應徵作品以三千到一萬字的短篇童話為原則。

　　　　　臺北市政府新聞處與臺北市立圖書館將聯合舉辦分類圖書巡迴展第四梯次兒童讀物類展覽，今日特假市立圖書館民生分館舉辦「分類書展業者座談會」。分別就參觀購書、票選排行榜、圖書展覽書目等問題進行討論。

廿六日　《民生報》「兒童天地版」介紹大陸著名童話作家洪汛濤寫給臺灣小朋友的親筆信。「願臺灣的每一位小朋友都是馬良，願臺灣的每一位小朋友都有一枝神筆。」

廿九日　第二屆東方少年小說獎得獎名單公布。生活幽默類得主朱秀芳，可得獎金十二萬元，獎牌一座，得獎作品是《童話26》。偵探推理類及科學幻想類從缺。而現年十二歲，就讀臺北市立中正國中的李洒澔以一篇《朱邦龍探案》得到鼓勵獎。

十二月

一　日　嘉義師院圖書館週邀請兒童文學史料工作者邱各容先生談《四十年來臺灣地區兒童文學與兒童讀物發展概況》。

五　日　《國語時報》刊載九歌兒童劇團計畫在一九九〇年八月舉辦
　　　　國際兒童藝術季。匈牙利、南斯拉夫的兒童劇團答應參加這
　　　　項活動。
　　　　國際兒童藝術季期間，還將舉辦兒童劇座談會、研討會、研
　　　　習班等配合活動。為籌辦這次藝術季，九歌也將結合國內另
　　　　兩個劇團……魔奇和杯子，組織兒童劇團聯盟，報名參加總
　　　　部設在巴黎的世界兒童劇團聯盟。使一九八〇年的國際兒童
　　　　藝術季在該聯盟指導下，成為國際兒童的重要活動之一。

八　日　《國語日報》刊載臺北市政府新聞處與市立圖書館將自明年
　　　　二月十日起假臺北市立圖書館民生、永春、士林三個分館，
　　　　聯合舉辦兒童讀物類書刊巡迴展。並由東方出版社、國語日
　　　　報、新學友書局、全國兒童週刊社等協辦。

一九八九年兒童文學大事記要

邱各容

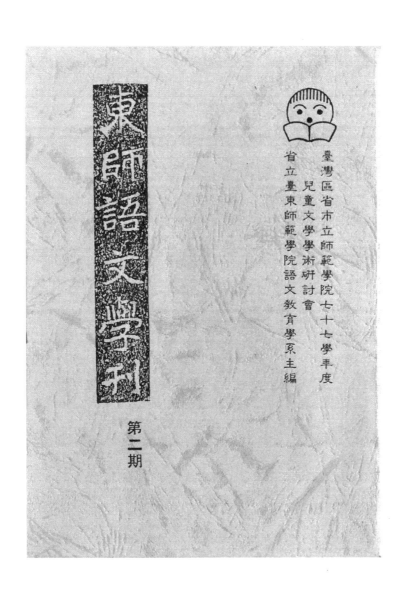

元月

一　日　《滿天星兒童詩刊》第六期出版。

二　日　水芹菜兒童劇團假臺北市社教館演出《西遊記》，為期兩天。

三　日　魔奇兒童劇團喬遷，特邀駱雄華先生介紹大陸兒童劇場現況。

四　日　臺東縣立文化中心成立兒童劇團。

廿一日　由信誼基金會主辦的第二屆信誼幼兒文學獎頒獎典禮假臺北市知新藝術生活廣場舉行。

廿六日　由洪建全教育文化基金會主辦的第十五屆洪建全兒童文學獎假該會舉行頒獎典禮。自第十六屆起，委由中華民國兒童文學學會承辦，經費由該基金會提供。

二月

十　日　臺北市政府新聞處、臺北市立圖書館聯合主辦的第四梯次分類圖書展兒童讀物類巡迴展覽第一站假民生分館舉行，為期兩週。並於十一、十三、十八、十九四天分別邀請方素珍、楊平世、楊錦鑾、楊茂秀四人舉行專題演講。

十八日　由臺灣省教育廳主辦，省立臺中圖書館協辦的優良兒童讀物展，即日起假國立中央圖書館臺灣分館展出九天。

十九日　中華民國兒童文學學會第二屆第五次理監事聯席會議決定該會今年度六期會訊的專題及專輯策劃人分別是：

　　　　　五卷一期：兒童圖書評鑑／洪文瓊

　　　　　五卷二期：兒童圖書館／鄭雪玫

　　　　　五卷三期：兒童刊物的策劃編輯／劉宗銘

　　　　　五卷四期：兒童文學工具書／馬景賢
　　　　　五卷五期：閱讀指導／吳英長
　　　　　五卷六期：兒童讀物的分類／馬景賢

廿五日　文訊雜誌社與大陸兒童文學研究會聯合舉辦「海峽兩岸兒童文學的發展比較」座談會。應邀參加座談的計有馬景賢、林煥彰、陳信元、陳木城、邱各容等。座談會由文訊總編輯李瑞騰主持。

　　　　《文學界》一九八九年冬季號刊出兒童文學研究專輯，收錄九篇文章：

　　　　　臺灣兒童文學的精神取向／趙天儀
　　　　　四十年來臺灣地區兒童文學發展概況／邱各容
　　　　　試論我國兒童文學的發展／林文寶
　　　　　童話簡介與國人童話作品／陳正治
　　　　　關於少年小說／張彥勳
　　　　　詩國之王不轄民／旅人
　　　　　兒童劇與我／詹冰
　　　　　童詩與童話／莊世和
　　　　　四十年來兒歌、童話書目／林政華

三月

一　日　《滿天星兒童詩刊》第七期出版。

　　　　《文訊雜誌》革新號第三期特別企劃〈期待兒童文學的春天──海峽兩岸兒童文學的發展比較〉。

原本每天全版彩色見報的《民生報》「兒童天地」版為配合
該報全面改版作業，自即日起改為每週六以黑白全版見報。

十九日　由中華民國兒童文學學會主辦的一九八八年度「優良兒童圖
書金龍獎」假該會舉行決審，選出各類得獎作品：

　　　圖書故事書類：《起床啦！皇帝》
　　　故事體類：《再見天人菊》
　　　詩歌散文類：《心中的信》
　　　人文科學知識類：《古代科學家的故事》
　　　工具書類：《自然圖鑑系列》

廿　日　中華民國兒童文學學會第二屆第七次常務理事會決議四月二
十九日假國立中央圖書館六一〇會議室舉行「兒童讀物出版
理念」座談會暨一九八八年度「優良兒童圖書金龍獎」頒獎
典禮。

四月

四　日　《小朋友巧連智》月刊創刊，總編輯高明美。該月刊係日本
福音館在臺創辦的雜誌。

十七日　科幻小說作家黃海以《大鼻國歷險記》一書榮獲第十四屆
（一九八九年度）國家文藝獎兒童文學類。
執教於省立新竹師院的徐素霞以《水牛和稻草人》的鄉土圖
畫書，代表中華民國首度入選「一九八九年義大利波隆那
國際圖畫書原作展」。這是臺灣文化進軍國際畫壇的一項突
破和肯定，也是一種榮譽。

第三屆東方少年文學獎徵獎辦法公布，獎項分少年小說、報
導文學兩類。九月一日截止收稿。

第三屆信誼幼兒文學獎徵獎辦法公布。獎項分圖畫書及文字
創作獎。自九月十五日至三十日止收稿。

《兒童文學發展研究》——以故事、小說為主題，許義宗
著，知音出版社出版，十六開，一五〇頁。

《女人島》、《白賊七》、《神鳥西雷克》（續本臺灣民間故
事）；《媽祖回娘家》、《鹽水蜂炮》（續本臺灣風土民俗）。遠
流出版事業公司出版。

五月

七　日 中華民國兒童文學學會第二屆第六次理監事聯席會義暨第八
次常務理事會議決議：

成立「四十年兒童期刊回顧展」工作小組。

排定兒童期刊企劃研習講座講師及課程表。

十一日 一九八八年度臺灣區省市立師院兒童文學學術研討會，由省
立臺東師院承辦，假臺東縣立文化中心舉行。研討主題以
「童話」、「童話教學」為主，下分六個子題，每一子題有一
主講人：

談兒童文學散文／林政華

童話的敘述觀點研究／陳正治

如何指導兒童欣賞童話／張月昭

動物行為與童話創作／黃郁文

　　　　論兒童韻詩的體制／陳侃

　　　　兒童故事欣賞教學／鄭蕤

　　　大會並邀請林良及洪文瓊發表專題演講。

廿一日　第一屆楊喚兒童文學獎假臺北市知新藝術生活廣場貴賓廳舉
　　　　行。李潼以《再見天人菊》獲獎。另大陸童話作家洪汛濤以
　　　　《神筆馬良》獲贈特別獎。

廿八日　大陸兒童文學研究會主辦，東方書訊雜誌協辦的「中國現代
　　　　童話」座談會，假東方出版社會議室舉行。參加者計有林
　　　　良、馬景賢、李潼、杜榮琛、林煥彰等人。

　　　　《兒童文學學術研討會論文集》，臺東師院語教系主編，臺
　　　　東師院出版，二十五開，二八二頁。

　　　　《兒童文學論述選集》，林文寶編選，幼獅文化事業公司出
　　　　版，二十五開，三二六頁。

　　　　《兒語三百則與理論研究》，林文寶，林政華編著，知音出
　　　　版社出版。新二十五開，二〇六頁。

六月

一　日　《滿天星兒童詩刊》第八期出版。

　　　　《國文天地》第四十九期專題以「重建美好的兒童文學世
　　　　界」，收錄八篇文章：

　　　　　在月光下織錦的人——訪林良先生談兒童文學

　　　　　訪遊美兒童文學家葉詠琍女士／雷僑雲

　　　　　兒童文學在師範院校的未來發展／徐守濤

　　　　　落實兒童文學教育方法芻議／林政華

當前兒童文學的大趨勢／陳木城

兒童的文學欣賞與寫作／吳當

我們都是白雪公主──對當前童話教學的一些省察／李漢偉

他山之石，何以攻錯／邱各容

另收錄〈臺灣地區兒童文學論述譯著書目〉（民國三十八年至七十七年）上，林文寶。

四　日　《虎姑婆》、《阿美族豐年祭》、《懶人變猴子》（繪本臺灣民間故事）；《臺灣童謠》、《臺灣民宅》（臺灣風土民俗）。遠流出版事業公司出版。

十五日　《童詩創作一一〇》，洪中周編，滿天星兒童詩刊社出版，二十五開，二三四頁，收錄陳千武、薛林、陳文和、林鍾隆、洪志明、魏桂洲、蔡榮勇、黃雙春、謝玲雪、洪中周、鄭文山等十一人的作品一一〇首。

廿　日　中華民國兒童文學學會經內政部評定為一九八八年度績優社會團體，該會理事長馬景賢代表前往劍潭青年活動中心受獎。

廿九日　省政府教育廳主辦的「臺灣省第二屆兒童文學獎」假基隆市立文化中心舉行頒獎典禮。共選出優等獎三名，佳作十五名。

優等獎：

曾　春／瑪琍與神童

邱晞傑／小小飛機飛飛飛

孫達明／世界上最快樂的人

　　佳作獎：

　　吳明輝／唐阿姨的金蛋

　　李春霞／德馬城的春天

　　黃登漢／奇妙的一天

　　陳梅英／海龍王生氣了

　　王江慧／靈鳥米利

　　顏士程／保家兄弟的陰謀

　　呂玫芳／無尾貓傑西

　　趙志文／想長大的字典

　　王智星／七色光

　　蕭奇元／鈔票寶寶的心願

　　陳木城／遺失城

　　朱敏賢／依依的彩虹島

　　唐　琮／我訪問了耶誕老公公

　　王文水／小草的故事

　　賴金葉／特產

《金毛狗》，李潼著，富春文化事業公司出版，二十五開，二〇八頁。

《航向未來》，黃海著，富春文化事業公司出版，二十五開，一六〇頁。

中國文化大學日本研究生顧錦芬以日文撰就《新美南吉童話之研究》碩士論文。

《幼兒讀物研究》第九期轉載邱各容寫的〈四十年來臺灣地區兒童讀物出版概況〉。該刊係大陸中國出版工作者協會幼兒讀物研究會編的。

七月

一　日　第十六屆洪建全兒童文學獎開始收件。獎項分圖畫故事、散
　　　　文、童話等。

　　　　第二屆中華兒童文學獎開始接受申請，至八月底截止，獎項
　　　　分文學類及美術類。

　　　　《國文天地》第五十期收錄〈臺灣地區兒童文學論述譯著書
　　　　目〉下，林文寶編。

三　日　臺北市一九八九學年度兒童文學研習營自即日起展開，為期
　　　　十二天。今年主題是「兒童戲劇」。

四　日　由臺灣省政府教育廳主辦，財團法人益華文教基金會與中華
　　　　民國兒童文學學會協辦的「兒童戲劇研習營」自即日起假臺
　　　　北縣秀山國小舉行，為期五天。

十　日　信誼基金會舉辦「兒童圖畫書創作研習班」，為期三週。課
　　　　程內容包括寫作繪畫指導、創作診斷、國內外優良圖畫書欣
　　　　賞等，講師有鄭明進、曹俊彥、洪文瓊、高明美等。

十一日　中華民國兒童文學學會本年度兒童文學講座以「兒童期刊企
　　　　劃研討」為主題，自即日起至八月十一日止，假東方出版社
　　　　四樓會議室開課。課程內容包括兒童期刊的產品定位規劃、
　　　　編輯政策的擬訂與執行、編輯作業流程與作業控制、成本效
　　　　益分析─損益平衡點的計算、專題規劃經驗談、各類兒童期
　　　　刊介紹（大陸、日本、美國等）、兒童期刊發行問題等。

廿　日　九歌兒童劇團即日起到三十日分別在高雄文化中心、桃園文
　　　　化中心、幼獅藝文中心演出大型歌舞劇──「頑皮大笨貓」。

廿五日　杯子劇團的黑光劇──「白蛇傳」，即日起在臺北做第二次
　　　　公演，為期四天。

《奶奶》，〔德〕彼得・哈特林著，張南星譯，富春文化事業公司出版，二十五開，一六〇頁。

《兒童歌謠類選與探究》，林文寶、林政華合編，知音出版社出版，新二十五開，二一二頁。

《童詩三百首與教學研究》，林文寶、林政華合編，知音出版社出版，新二十五開，二八二頁。

八月

一　日　《國文天地》第五十一期刊載〈一本值得細讀的兒童文學論著——《現代兒童文學的先驅》〉，杜榮琛撰。該書係四川重慶西南師大中文系講師王泉根的碩士論文。

五　日　九歌兒童劇團於臺中市中山堂表演大型歌舞劇——「頑皮大笨貓」。

八　日　皮匠兒童布偶劇團本日及十三日假臺北市知新藝術生活廣場表演「國王與九色鹿」。

十　日　《童話藝術思考》，洪汛濤著，千華出版社出版，二十五開，二六八頁。

十一日　大陸兒童文學研究會成員林煥彰、謝武彰、曾西霸、陳木城、杜榮琛、方素珍及少年小說作家李潼等應大陸的「安徽兒童文學交流會」之邀，前往合肥參加兒童文學交流會。

十八日　魔奇兒童劇團即日起假國立臺北藝術館演出「巫婆不在家」，為期一週。

廿三日　蒲公英劇團假高雄國軍英雄館演出「湯姆歷險記」，為期兩天。

廿七日　蒲公英劇團假臺南市立文化中心演出「湯姆歷險記」。

《臺灣兒童詩選》（上）（下），藍海文選編，湖南文藝出版社出版。三十二開，（上）一六八頁，（下）二〇四頁。

《兒童詩初步》，劉崇善著，千華出版社出版，二十五開，二一八頁。

《阿輝的心》，林鍾隆著，滿天星兒童詩刊社重印，二十五開，二一八頁。

由財團法人彥棻文教基金會與中華民國兒童文學學會聯合主辦的「第二屆中華兒童文學獎」，本月底截止收件。

由財團法人洪建全教育文教基金會與中華民國兒童文學學會聯合主辦的「第十六屆洪建全兒童文學獎」，本月底截止收件。

九月

一　日　《滿天星兒童詩刊》第九期出版。

四　日　《李田螺》、《仙奶泉》（繪本臺灣民間故事），遠流出版事業公司出版。

十九日　《兒童文學》，大陸北師大研教室，祝士媛編，新學識文教出版中心出版，二十五開，三三〇頁。

《童話學》，洪汛濤著（大陸當代童話作家），富春文化事業公司出版，二十五開，四六四頁。

《中國傳統兒歌選》，蔣風編（浙江師大兒童文學研究所所長），富春文化事業公司出版，二十五開，二八六頁。

《兒童詩歌的原理與教學》（增訂版），宋筱蕙著，五南圖書出版公司出版，二十五開，二九二頁。

《歐洲青少年文學暨兒童文學》，D. Escarpit 著，黃雪霞譯，遠流出版事業公司出版，三十二開，一九〇頁。

「第二屆楊喚兒童文學獎」本月底截止收件。

十月

二　日　臺灣省國民學校教師研習會上午假該會舉行第三八〇期兒童
　　　　文學寫作班開訓典禮，由教育廳副廳長湯振鶴主持，為期四
　　　　週。這是該寫作班自一九八四年停辦以來，首次恢復舉辦，
　　　　意義重大。

六　日　耕莘青年寫作會第二十一期寫作研習班開了六堂兒童文學研
　　　　習課程，本日由嚴友梅主講「兒童文學的寫作」。其他五堂分
　　　　別是：

　　　　　　兒童是成人的父親／羅青／十月二十日
　　　　　　開拓中國兒童讀物的新天地／林明德／十一月三日
　　　　　　童話的鑑賞與寫作／朱秀芳、陳月文／十一月十七日
　　　　　　如何從兒童身上尋找寫作題材／官舜弘／十二月八日
　　　　　　少年小說的寫作／李潼／十二月二十二日

廿四日　臺灣省國校教師研習會第三八〇期兒童文學寫作班舉辦「四
　　　　十年來的兒童文學」專題演講，由趙天儀主持，邱各容主
　　　　講臺灣地區，陳木城主講大陸部分。

廿八日　法商巴雅出版公司臺灣分公司假金石堂汀州店舉行成立酒
　　　　會。該公司以出版少年及兒童讀物為主。

廿九日　高雄市兒童文學寫作學會舉辦第一屆余吉春童詩創作獎，歡
　　　　迎高市喜愛童詩寫作的小朋友踴躍參加，每人以十首為限。
　　　　《兒童故事原理》（增訂版），蔡尚志著，五南圖書出版公司
　　　　出版，二十五開，二六四頁。
　　　　《十年來我國幼兒讀物出版狀況調查研究》，信誼基金會學

前兒童教育研究發展中心接受行政院文建會委託的研究報告，十六開，七十六頁。

十一月

四　日　《火種》、《能高山》、《水鬼城隍》、《手工藝》（繪本臺灣民間故事）；《亦宛然布袋戲》、《排灣族婚禮》、《鹿港龍山寺》、《鹿港百工圖》（繪本臺灣風土民俗），遠流出版事業公司出版。

十二日　一九八九年金鼎獎得獎名單公布：

兒童少年類雜誌金鼎獎：《小牛頓》
優良公辦雜誌獎：《兒童的》
兒童讀物類圖書金鼎獎：《寫給兒童的世界歷史》
評審委員推薦獎：《親親幼兒圖畫書》、《華一兒童知識寶庫》、《繪本臺灣風土民俗》。

十九日　中華民國兒童文學學會召開一九八九年優良兒童圖書金龍獎決審會議，得獎作品分別是：

圖畫書：《神鳥西雷克》、《千心鳥》
故事書：《ㄚ的故事》
詩歌散文：《為你開一扇窗》
自然科學知識：《四季小百科》、《彩色世界（4）》

廿四日　第十六屆洪建全兒童文學獎揭曉：

圖畫故事類：

優　等：黃淑英——吃雲的阿皮

　　　　張哲銘——月亮的黑衣裳

評審獎：王竹君——小丑東東的故事

　　　　杜采蓉——吃夢的卡卡

　　　　蔡惠如、廖鴻興——下雨的星期天

兒童散文類：

首　獎：邱　傑——飛在水平線下

優　等：凌　拂——沒有化過妝的美麗

　　　　管家琪——寫字的故事

　　　　李松德——掙扎在冬天裡的童年

童畫類：

首　獎：蒙永麗——沒辦法先生

優　等：凌　拂——木棉樹下的噴嚏

　　　　謝素燕——七色鏡

　　　　王　玉——花精

《古典兒童詩歌精選賞讀》，林文寶、林政華合編，富春文化事業公司出版，二十五開，二五六頁。

《兒歌研究》，馮輝岳著，臺灣商務印書館出版，四十六開，一五八頁。

十二月

一　日　《滿天星兒童詩刊》第十期出版。

四　日　《好鼻師》（繪本臺灣民間故事），遠流出版事業公司出版。

九　日　中國圖書館學會本屆年會假臺中市立文化中心舉辦「近四十
　　　　年全國兒童期刊回顧展」。

十七日　中華民國兒童文學學會第二屆第二次會員大會假臺中市文英
　　　　館中正廳舉行。會中頒發第二屆中華兒童文學獎、第十六屆
　　　　洪建全兒童文學獎、一九八九年度優良兒童圖書金龍獎、一
　　　　九八九年大專院校兒童文學研究獎學金。同時並致贈感謝牌
　　　　給財團法人彥棻文教基金會、益華文教基金會魔奇兒童劇團
　　　　及洪中周先生。下午進行「兒童閱讀指導學術研討會」。
　　　　臺灣省兒童文學協會假臺中市天主教社會服務研究院舉行成
　　　　立大會。選出理監事二十名，候補理監事六名。
　　　　理事：陳武雄、王武昌、趙天儀、黃雙春、邱各容、陳進
　　　　　　　孟、余淑姬、藍祥雲、黃靄香、龔顯榮、林鍾隆、林
　　　　　　　武憲、黃樹根、魏桂洲、蕭秀芳。
　　　　候補理事：林良雅、李篤恭、林生源、鄭文山、高琇樺。
　　　　監事：何錦榮、陳篤弘、鄭烱明、林文寶、張彥勳。
　　　　候補監事：許振江。
　　　　該會同日召開第一屆第一次理監事會，推選陳武雄為首任理
　　　　事長。
　　　　《認識兒童期刊》（中華民國兒童文學學會兒童文學研究叢
　　　　刊（5）），邱各容策劃，鄭明進主編，十六開，一六〇頁。
　　　　第一屆「文殊佛教文學獎」公布，兒童故事類得主：陳啟
　　　　淦——頑童奇遇記。

一九八九年度兒童文學書目

東師語文學刊

第三期

省立臺東師範學院語文教育學系主編

　　一九八九年度「出版界十大新聞」（見《聯合報》一九八九年十二月二十七日文化藝術版）就兒童讀物的角度看，其中有幾則值得注意：一、海峽兩岸出版業及文化界的交流日形活絡。二、以青少年為主要訴求對象的數本刊物崛起於國內市場；漫畫雜誌興起；而國外多家出版公司陸續進軍臺灣兒童刊物、成人雜誌、女性刊物等市場。三、主要報紙推出「讀書」、「排行榜」等版面。

　　雖然，「讀書」、「排行榜」等版面不以兒童、少年為主要訴求對象，但是一九八九年度的國內兒童讀物市場，卻像舉辦國際嘉年華會一樣，各先進國家兒童出版品一波波到來，顯現前所未有的熱鬧景象。繼日本、義大利、丹麥等國的出版商，陸續授權中文版兒童書籍後，法國、美國等又有新面孔加入這場盛會。在一些出版業者紛紛引進大陸兒童文學作品時，並有少數出版社悄悄地印行大陸兒童文學理論書籍，提供了從事創作者更進一步認識大陸兒童文學的機會。除外，國內並有文經出版社、漢藝色研文化公司、東華書局、遠流出版事業公司、富春文化事業公司等出版社投入兒童讀物市場。

　　一九八九年度熱鬧與洶湧的兒童讀物市場，面對國外與大陸兒童讀物強勢的湧入，筆者認為或許下列可作為一九八九年度兒童文學出版界的大事：

　　一、天衛文化圖書公司出版《寫給兒童的世界歷史》。

　　二、大陸兒童文學研究會《會刊》的刊行。

　　三、幼獅文化事業公司出版《兒童文學選集》。

　　四、遠流出版事業公司出版《兒童的臺灣》。

　　五、東方出版社出版《四季小百科》。

而其中最具意義者，當首推《兒童文學選集》。這套選集由筆者策劃，包括論述、故事、童話、小說、詩歌等五類。其中除論述類由本人編選外，並邀請蘇尚耀（故事類）、洪文瓊（童話類）、洪文珍（小

說類）、林武憲（詩歌類）四位先生參與編選的工作。這套選集為檢視三十八年以來，臺灣地區的兒童文學成果。因此，其範圍限定於一九四九年到一九八七年之間，且以臺灣地區的成人著作為主。全書編選方式，以史的發展、作品、作家三者兼顧；亦即以發展為經，作品、作品為緯。各選集並附一九四九年以來各類參考書目。

　　緣於個人財力與時間的限制，未能掌握與購盡一九八九年度的出版讀物；更無力閱盡全部作品。在經年觀察之餘，幾經思索，個人認為論述著作的出版是衡量學術的指標；而文學創作是實力的展示；又由於身為語文教師，平日頗注意語文著作，是以擬就兒童文學論述、兒童文學創作、語文等三類為主彙集收錄。雖似飛鴻踏雪泥，或仍可為一九八九年度的兒童讀物市場留下偶然的指爪。

　　由於論述類著作不多，翻譯作品與大陸翻印書並錄。兒童文學創作類，則以臺灣地區的國人創作為主。在這國外與大陸兒童讀物強勢湧入的年代，重視弱勢的自創性作品乃是落實本土兒童文學的頭一步。原則上，改寫作品不錄；除外，屬於幼兒的圖畫故事書亦不收錄，蓋幼兒讀物的年出版量逐年持續增加；並逐漸從兒童讀物領域獨立出來，實非個人能力所及。總之，所錄兒童文學創作類作品，全書篇幅不得少於六十四頁，並以文字的表達為主。至於語文類著作，除不收文學性作品之賞析及與課業息息相關的參考書之外，可說兼容並蓄，旨在提供各級教師參考。

　　明知個人能力有限，卻又強力而行；只怕成果不彰，甚且喋喋不休。或曰：「蓋有所期待也」。

一九八九年兒童文學論述書目

書名	作者（譯者）	出版社	出版日期	開數	頁數	備註
歌唱的彩蝶——詩歌教學研究	林淑英主編	北市國語實小	1月	25	346	
兒童文學發展研究	許義宗著	知音出版社	4月	16	143	
兒童文學學術研討會論文集	東師語教系主編	臺東師院	5月	25	282	
兒童文學論述選集	林文寶編選	幼獅文化事業公司	5月	25	326	
兒童文學周刊（第七輯）	張劍鳴編	國語日報	6月	8	100	601期到700期合訂本
兒童詩初步	劉崇善著	千華出版公司	8月	25	151	大陸翻版書
童話藝術思考	洪汛濤著	千華出版公司	8月	25	259	大陸翻版書
歐洲青少年文學暨兒童文學	D. Escarpit 著 黃雪霞譯	遠流出版事業公司	9月	32	188	
兒童詩歌的原理與教學	宋筱蕙著	五南圖書出版公司	9月	25	292	增訂新版
童話學	洪汛濤著	富春文化事業公司	9月	25	461	大陸翻版書
十年來我國幼兒讀物出版狀況調查研究	信誼基金會	信誼基金會	10月	16	76	
兒童故事原理	蔡尚志著	五南圖書出版公司	10月	25	264	增訂新版
兒童文學	祝士媛編訂	新學識文教出版中心	11月	25	327	大陸翻版書

書名	作者（譯者）	出版社	出版日期	開數	頁數	備註
兒歌研究	馮輝岳著	臺灣商務印書館	11月	46	152	人人文庫特七八四
認識兒童期刊	鄭明進主編	中華民國兒童文學學會	12月	16	159	
中華民國臺灣地區兒童期刊目錄	洪文瓊主編	中華民國兒童文學學會	12月	16	275	
我們只有一個地球	馬景賢主編	中華民國兒童文學學會	12月	16	140	一九八九年度兒童戲劇研習營成果手冊

一九八九年兒童文學創作書目

書名	作者（譯者）	出版社	出版日期	開數	頁數	備註
小黃鶯	黃基博著	屏東縣仙吉國小	1月	25	28	歌舞劇本
森林夏令營	林少雯著	文經出版社	1月	25	166	
為你開一扇窗	謝蜀芬等	聯經出版事業公司	1月	25	406	
童年故事	潘文良著	頂淵文化公司	2月	25	170	
夢的故事	潘文良著	頂淵文化公司	2月	25	160	
九歌兒童書房（第九集）：阿喜阿喜壞學生	蔡文甫編	九歌出版社	2月	25	197	名家兒童文學作品集

書名	作者（譯者）	出版社	出版日期	開數	頁數	備註
草原上的星星 嘉嘉流浪記 猴子進城	廖輝英著 楊小雲著 哈潑著				194 203 141	
閒話一籮筐	林劍青著	愛智圖書公司	3月	直21 橫19.5	127	一套三冊 各冊皆為 127頁
哥兒倆在澳洲	張安迪、張凱文著	純文學出版社	4月	直19 橫18.5	183	
杏樹下的朋友	曾小英著	幼獅文化事業公司	4月	25	130	
博士布都與我	李潼著	聯經出版事業公司	5月	25	132	
瑪琍與神童	曾春等	省教育廳	5月	16	239	臺灣省第二屆兒童文學專集
兒童文學詩歌選集	林武憲編選	幼獅文化事業公司	5月	25	323	
兒童文學第七輯	高市苓洲國小	高市兒童文學寫作學會	5月	25	307	第七屆柔蘭獎專輯
臺灣省東區第三屆兒童文學獎作品選集	孫玉章編	臺東社會教育館	6月	25	140	分成人、學童兩組
航向未來	黃海著	富春文化事業公司	6月	25	207	
含淚的贈與	桂吟歸著	中央日報	6月	直21 橫19	117	

書名	作者（譯者）	出版社	出版日期	開數	頁數	備註
大吉和大利	克真等著	中央日報	6月	同前	77	
童詩創作110	陳千武等著	滿天星兒童詩刊社	6月	25	233	
國民小學中心德目故事集	屏師院語教系主編	屏東師院	6月	25	373	
野溪之歌	李潼著	省教育廳	6月	直20.5橫17.5	78	中華兒童叢書
金毛狗	李潼著	富春文化事業公司	6月	25	207	
劉冠軍出馬	溫小平著	一葦出版社	8月	25	173	
寶貝蛋風波	溫小平著	一葦出版社	8月	25	174	
跑啊！向前跑	林少雯著	文經出版社	8月	25	154	
兒童文學故事選集	蘇尚耀編選	幼獅文化事業公司	8月	25	430	
兒童文學童話選集	洪文瓊編選	幼獅文化事業公司	8月	25	341	
阿輝的心	林鍾隆著	滿天星兒童詩刊社	8月	25	215	1965年12月小學生雜誌社初版
孩子，你聽我說	薄慶容著	林白出版社	9月	新25	210	「給小風的信」第二集
我的少年時代	謝冰瑩著	正中書局	9月	25	126	1966年11月初版

書名	作者（譯者）	出版社	出版日期	開數	頁數	備註
童年26	朱秀芳著	東方出版社	9月	32	250	
露珠兒的夢	薛林著	滿天星兒童詩刊社	11月	25	79	
史記的故事	吳美川著	昇陽出版社	11月	32		全套四冊 （一）165 （二）161 （三）163 （四）163
有淚不流的日子	林少雯著	文經出版社	11月	25	153	

一九八九年兒童文學語文書目

書名	作者（譯者）	出版社	出版日期	開數	頁數	備註
童詩夏令營	葉日松編著	欣大出版社	1月	25	202	
從笑話中思考	蔡錦德著	華淋出版社	2月	25	187	
創意的寫作教室	林建平編著	心理出版社	3月	25	243	
朗誦研究	林文寶著	文史哲出版社	3月	25	268	
77學年度國語學術研討會論文集	南師語系主編	臺南師院	4月	16	139	
兒語三百則與理論研究	林政華等編著	知音出版社	5月	新25	202	
小學語文教育研討會論文集	市等院語教系主編	市北師院	5月	25	304	
名家論語文	蘇尚耀等著	北市教育局	5月	25	166	

書名	作者（譯者）	出版社	出版日期	開數	頁數	備註
小小書評佳作選（一）	邱阿塗編選	富春文化事業公司	6月	25	269	
讀古文想問題	吳宏一著	中央日報	6月	25	190	
讀詩學作文	蔡榮勇編著	中師院附小	6月	25	117	
兒童歌謠類選與探究	林政華等編著	知音出版社	7月	25	207	
童詩三百首與教學研究	林政華等編著	知音出版社	7月	25	277	
寫作大要	劉孟宇著	新學識文教出版中心	8月	25	391	大陸翻版書
文言文知識表解	侯雲龍著	新學識文教出版中心	9月	25	206	大陸翻版書
小小書評佳作選（二）	邱阿塗編選	富春文化事業公司	10月	25	270	
作文七七法	李尚文編著	國文天地雜誌社	10月	25	191	大陸翻版書
馳騁在思路上	郭麗華著	中央日報	10月	25	271	
有趣的文字1	林惠勝著	非凡出版社	11月	25	151	

一九九〇年兒童文學大事記要

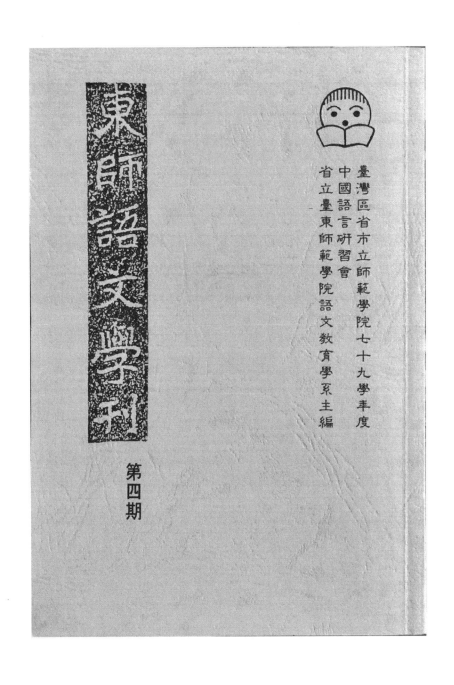

　　年度兒童文學大事記在記錄當年度攸關兒童文學研究發展的大事
譜。取捨標準端視其對促進兒童文學的研究與發展有無實質的助益而
定。資料來源分別取自各兒童文學團體的會訊及其所發布的消息、
《聯合報》、《國語日報》、《臺灣時報》、期刊（如《滿天星》、《幼獅
文藝》、《書香廣場》）、兒童劇團（九歌、魔奇）、出版社新書書目等。

　　年度兒童文學大事內容總的來說，涵蓋了人、事、物三項。在
「人」的方面：各兒童文學團體新任理監事、理事長；各單項兒童文
學獎得獎者，各兒童文學活動的講師或參與人士。在「事」的方面：
各類兒童活動的次第舉辦，諸如：兒童文學學術研討會、研習會、座
談會；兒童節特輯，兒童文學獎得獎名單的公布，各兒童劇團的演出
等；國內外兒童文學界的交流接觸等。在「物」的方面：兒童文學論
著的出版、兒童期刊的創刊等。

　　從大事記中，可以了解到兒童文學工作者無論是在活動與出版方
面、無論是在創作或理論研究方面，他們（團體或個人）都在兢兢業
業地為促進、為繁榮兒童文學的發展與提升兒童文學理論研究而努力
不懈，這一年，他們的心血與奉獻是值得鼓勵與肯定的。

元月

一　日　《書香廣場》第三十八期專題介紹國內兒童劇團，分別是魔
　　　　　奇兒童劇團（1986年4月）、鞋子兒童實驗劇團（1987年9
　　　　　月）、九歌兒童劇團（1987年9月）、一元布偶劇團（1987年
　　　　　11月）。

十三日　第三屆信誼幼兒文學獎舉行頒獎典禮。得獎人分別是圖畫書
　　　　　首獎陳志賀《逛街》。佳作林宗賢《誰的翅膀掉了》。評審委
　　　　　員獎施政廷〈我的爸爸不上班〉。文字創作佳作王金選〈金
　　　　　龜粿〉。

十四日　九歌兒童劇團自即日起展開兒童戲劇社區推廣活動，全年度
　　　　共十六場。
　　　　《兒童文學故事體寫作論》（新版本），臺東師院語系出版，
　　　　林文寶著。

二月

一　日　《書香廣場》第三十九期刊載兒童劇團專題──「關懷下一
　　　　代──談兒童戲劇的發展」。邀請淡江大學西語系黃美序教
　　　　授及政大西語系司徒芝萍副教授深入探討兒童戲劇的發展情
　　　　形，政府和民間如何看待兒童劇團，以及兒童劇團的未來發
　　　　展等。
　　　　《滿天星兒童詩刊》自本期（2月1日，第11期）開始改為
　　　　《滿天星兒童文學》並由季刊改為雙月刊。
　　　　《兒童文學研究》──「戲劇專集」，臺北市國語實驗國民
　　　　小學出版，收錄十七篇文章。
五　日　臺中縣一九八九年度兒童文學創作研習會即日起假豐原市富
　　　　春國小舉行，為期一週，分教師組與學生組，應聘指導老師
　　　　有蔡宗陽、林文寶、陳木城、林鍾隆、蔡榮勇、杜榮琛、洪
　　　　中周、洪志明、蕭秀芳等人。
七　日　臺北縣兒童文學研習營假瑞濱國小舉行，為期一週。以探討
　　　　瑞芳九份地區和平溪、十分地區的金礦、煤礦史及人文景觀
　　　　為主。
十二日　宜蘭縣國小教師第十四屆兒童文學研習營自即日起假羅東國
　　　　小校友館舉行，為期六天。
十四日　臺北縣立文化中心即日起在兒童閱覽室展出「近四十年全國
　　　　兒童期刊回顧展」，為期五天。

十九日　九歌兒童劇團將邀請奧地利特利布利特劇團舉辦一九九〇國際兒童戲劇交流研習會，三月起將展開全省的研習活動。研習會指導為特利布利特劇團的創團者海尼・布羅斯曼（Heini Brossmann）及皮克凱（Picco Kellner）。

三月

十一日　一九九〇國際兒童戲劇交流研習營第一波即日起假臺北市立師院舉行。

十四日　臺灣省兒童文學協會與臺中市立文化中心聯合主辦「童詩創作及指導創作研習」，即日起每星期三晚上在文化中心研習三個月十二週次，桓夫、錦連、林亨泰、詹冰、白萩、王武昌等擔任講師，洪中周、洪志明、蔡榮勇參與實習作品評釋，共招收七十六名學員。

十七日　一九九〇國際兒童戲劇交流研習營第一波假臺中市鴻德幼稚園舉行。

十八日　一九九〇國際兒童戲劇交流研習營第一波假高雄市大同國小舉行。

四月

一　日　兒童文學家賴西安（李潼）以《博士・布都・我》榮獲本年度國家文藝獎（兒童文學類）。

二　日　九歌兒童劇團假臺北市國家劇院實驗劇場演出「土豆與毛豆」兒童劇，前後七天演出九場。

三　日　中華民國兒童文學學會與國立中央圖書館臺灣分館合辦「兒童期刊發展展望」座談會。由洪文瓊先生專題報告「近四十年全國兒童期刊綜合分析」。

　　　九歌兒童劇團假國立藝專音樂廳演出「快樂森林」兒童劇。
　　　翌日在臺北國賓大飯店續演一場。

四　日　兒童刊物《漫畫大王》、《童話大王》同日創刊。
　　　魔奇兒童劇團在國父紀念廣場演出兒童劇——「歡樂遊——
　　　大顯神通」。
　　　一元布偶劇團在永琦百貨六樓萬象廳演出「三隻小豬」，為
　　　期　四天。
　　　加拿大藍波木偶劇團在高雄中正文化中心演出「打哈哈」和
　　　「猴子事業」。
　　　新竹縣兒童文學專輯《小貝殼》（第九輯），新竹縣教育局出
　　　版，收錄五十一首童詩和四篇童話作品。

五　日　聯副推出兒童節特輯：塑造新時代的童心——兒童文學發展
　　　的新趨勢
　　　　　走向當代形態的兒童文學／王泉根
　　　　　讓社會的需要成為兒童文學的趨勢／陳木城
　　　　　開拓兒童文學海闊天空的新領域／林婷婷
　　　　　少年小說的新天地／李潼
　　　　　黃金時代——美國兒童圖出版現況／孫晴峰
　　　　　從遊戲精神進入遊藝功能／班馬
　　　　　期待國內能有更好的兒童文學發展環境／洪文瓊
　　　　　邁向二〇〇〇年的兒童文學／嚴吳嬋霞

六　日　加拿大藍波木偶劇團在基隆市立文化中心演出「打哈哈」和
　　　「猴子事業」。

七　日　加拿大藍波木偶劇團在臺北幼獅藝文中心演出「打哈哈」和
　　　「猴子事業」，為期三天。

十一日　九歌兒童劇團在高雄市國軍英雄館演出「土豆與毛豆」為期
　　　兩天，演出兩場。

四月號《幼獅文藝》刊載兒童文學專號。計分「兒童文學的範圍與發展」、「大陸兒童文學」、「臺灣兒童文學的過去、現在及展望」、「名家名作欣賞」、「兒童文學與文化傳播」、「得獎作品目錄」等六大部分，共十八篇訪問稿、特稿、作品及目錄。

五月

四　日　臺灣區省市立師院一九八九學年度兒童文學學術研討會即日起假省立嘉義師範學院舉行，為期兩天。該研討會由臺灣省政府教育廳主辦，省立嘉義師院承辦。共宣讀論文十二篇：
　　　　童話的人物特性與刻畫要領／陳正治
　　　　童話創作與指導／許細妹
　　　　創造性兒童戲劇活動與國小國語科教學／范長華
　　　　兒童戲劇與兒童輔導／徐守濤
　　　　「人性化」轉化法在童詩創作上的運用／杜淑貞
　　　　「童話美學」初探──以「金色的海螺」為例／張清榮
　　　　臺灣兒歌與南北異腔／董忠司
　　　　鄉土歌謠與兒童文學／江春標
　　　　葉紹鈞兒童文學初探──韻文體作品之部／林政華
　　　　由調查分析看兒童課外閱讀化傾向／李慕如
　　　　文學的態度，教育的觀點──從事兒童文學創作應有的基本理念／蔡尚志
　　　　如何從國小國語文教學推展兒童文學／蔡梅香

十一日　九歌兒童劇團假鳳山市國父紀念館演出「奶奶的法寶」、「快樂森林」兒童劇各一場。

十二日　九歌兒童劇團假彰化縣立文化中心演出「奶奶的法寶」、「快

樂森林」兒童劇各一場。

十三日　九歌兒童劇團假臺南縣立文化中心演出「奶奶的法寶」、「快樂森林」兒童劇各一場。

廿　日　由中國幼稚教育學會主辦，臺灣省臺中市支會承辦的「兒童文學研習及中外兒童圖書展示會」假臺中市文英館中正廳舉行。參加對象是中部四縣市公私立幼稚園托兒所園（所）長及教師代表，並有「兒童文學的創作與欣賞／黃盛雄」，「兒童文學與幼兒教育／林煥彰」，「中外兒童文學發展趨勢／吳敏而」三場專題演講。

《幼兒閱讀現況調查研究》出版，由行政院文化建設委員會委託信誼基金會學前兒童教育研究發展中心進行研究。

魔奇兒童劇團應邀赴歐巡迴公演。

六月

廿二日　九歌兒童劇團假臺南市立文化中心演出「奶奶的法寶」、「快樂森林」兒童劇各一場。

廿三日　九歌兒童劇團假南投縣立文化中心演出「奶奶的法寶」、「快樂森林」兒童劇各一場。

廿四日　九歌兒童劇團假臺北縣立文化中心演出「奶奶的法寶」、「快樂森林」兒童劇各一場。

《幼兒讀物消費狀況調查研究》出版。由行政院文化建設委員會委託信誼基金會學前兒童教育研究發展中心進行研究。

《兒童文學的思想與技巧》，傅林統著，富春文化事業公司出版。

《演的感覺真好》——談兒童戲劇教學，杜紫楓著，富春文化事業公司出版。

《帶爺爺回家》——臺灣省第三屆兒童文學獎作品集，臺灣省　政府教育廳印行，內收〈帶爺爺回家〉（李潼著）等十五篇少年小說作品。

《飄香童年》——宜蘭縣國小教師兒童文學創作集，宜蘭縣政府文復會宜蘭縣總支會出版。藍祥雲主編。內分散文、童詩、書評、童話四輯，共四十一篇作品。

廿七日　臺灣省第三屆兒童文學創作獎頒獎典禮，假溪頭森林遊樂區旅遊服務中心舉行。

七月

二　日　臺北市國語實小承辦的國小教師兒童文學研習，今年的主題是兒童戲劇，即日起為期兩週。第一週由學者專家作理論的闡述，第二週分組實際編劇排演。

九　日　高雄市兒童文學寫作學會理事長許漢章校長因腦中風不治邃逝，享年五十六歲。

十五日　臺灣省兒童文學協會接辦《滿天星兒童文學》雜誌，推選黃雙春、洪志明、魏桂洲、蔡榮勇、林生源五人組織編輯委員會，由黃雙春擔作召集人。

廿三日　臺北縣一九九○年度兒童文學研習營即日起假板橋市海山國小舉行，為期六天。採寫作工作坊的方式，由作家現身說法並提出作品與學員面對面討論。

廿四日　臺灣省兒童文學協會即日起假日月潭青年活動中心舉辦「臺灣省一九九○年度兒童文學創作研究夏令營」，為期五天。

《童話寫作研究》，陳正治著，五南圖書出版公司出版。

八月

二　日　九歌兒童劇團假臺北市幼獅藝文中心首演「太陽的兒子」兒童劇。並自三日起在同一地點演出八場。

十三日　由韓國兒童文學學會主辦的第一屆「亞細亞兒童文學大會」，即日起假漢城召開，為期三天。中華民國兒童文學學會總幹事洪文瓊、常務理事林煥彰應邀出席。會議主題為：「產業化的兒童圖書與兒童文學」。

十八日　九歌兒童劇團假新竹市文化中心演出「土豆與毛豆」兒童劇。

廿三日　九歌兒童劇團假高雄市中正文化中心至德堂演出「太陽的兒子」兒童劇。

廿四日　九歌兒童劇團假新竹市清華大學禮堂演出「太陽的兒子」兒童劇。

卅一日　九歌兒童劇團假臺東縣立文化中心演出「太陽的兒子」兒童劇。

　　　　《兒童文學史料初稿（1945-1989）》，邱各容著，富春文化事業公司出版，全書分初探篇、采風錄、回想曲、大事記學四輯。

九月

五　日　中華民國畫學會假國立歷史博物館舉行金爵獎頒獎儀式。兒童讀物插畫家曹俊彥和教育廳兒童讀物編輯小組首任美術編輯曾謀賢，分別獲得插畫類及國畫類。

八　日　九歌兒童劇團假新竹市清華大學禮堂演出「快樂森林」兒童劇。

卅　日　正中書局和大陸兒童文學研究會合辦「大陸兒童文學研究的
　　　　過去、現在和未來研討會」。出席者計有林良、馬景賢、林煥
　　　　彰、鍾惠民、陳木城、賴西安、沙永玲，邱各容、陳衛平、
　　　　謝武彰、杜榮琛、方素珍、蔣玉嬋、李曉星、黃有富等人。
　　　　《宜蘭縣兒童文學史料初編》，邱阿塗編著，宜蘭縣政府教
　　　　育局出版。

十月

十七日　臺灣省兒童文學協會秋季兒童文學研習自即日起開辦，分十
　　　　二週次。

十八日　高雄市兒童文學寫作學會理事長由常務理事涂秀田繼任，遺
　　　　缺由理事黃瑞田遞補。

廿四日　魔奇兒童劇團假臺北市南海路國立藝術館演出赴歐公演新
　　　　戲──「哪吒鬧海」，為期五天。

廿七日　由中國文化大學青少年福利系附設兒童讀物研編中心主辦的
　　　　「兒童讀物與戲劇研習會」即日起假陽明山華岡藝校舉行為
　　　　期兩天，研習對象係該校對兒童讀物及戲劇有興趣的學生。
　　　　講師有曾西霸、詹竹莘、黎芳玲、陳淑琦、陳木城等。

廿八日　九歌兒童劇團假臺北市湖光社區演出「野狼偷天鵝」兒童劇。
　　　　《兒童文學講話》增訂版，李漢偉著，復文圖書出版社出版。
　　　　《十年來我國幼兒讀物出版狀況調查研究》，由行政院文化
　　　　建設委員會委託信誼基金會學前兒童教育研究發展中心進行
　　　　研究。

十一月

四　日　臺北市兒童文學教育學會聘請夏婉雲為總幹事。決定設置

「第一屆臺北市兒童文學獎」，以獎勵推動兒童文學教育有功者、創作兒童文學優良的成人及兒童少年。

十八日　臺灣省兒童文學協會副總幹事由蕭秀芳女士接任。魏桂洲先生擔任《滿天星兒童文學》的執行編輯。

廿五日　中華民國兒童文學學會假臺北市劍潭海外青年活動中心舉行第二屆第三次會員大會。會中同時頒發第三屆中華兒童文學獎、第十七屆洪建全兒童文學創作獎、第三屆優良兒童圖書金龍獎、一九九〇年度大專院校兒童文學研修獎學金等各項得主，及改選理監事。下午並舉辦「童詩創作、教學討論會」及「兒童詩歌類圖書展覽」。

中華兒童文學獎：

文學類：陳玉珠，得獎作品〈無鹽歲月〉。

美術類：徐素霞，得獎作品〈第一次拔牙〉。

洪建全兒童文學獎：

圖畫故事類：

優等／林正義〈風箏遊記〉

　　　　張哲銘、王蘭〈阿牛〉

　　　　郭桂玲〈小河流經哪〉

　　　　仉桂芳〈漁港的小孩〉

童話類：

首獎／張嘉驊〈小精靈諾諾〉

優等／蘇紹連〈風吹走的歲月〉

　　　　洪志明〈安莉的手和樹的腳〉

　　　　賴曉珍〈不能開花的鳳凰木〉

童詩類：

首獎／張嘉驊〈你肚子裡有沒有屈原〉

　　　　余金財〈山地學童的日記〉

　　　　蘇紹連〈媽媽眼中的孩子〉

佳作／梁謙成〈小蟬兒〉等

　　　　陳文和〈三隻小豬〉等

　　　　魏桂洲〈夏天的陽光〉等

　　　　夏婉雲〈坐在雲端的鵝〉

優良兒童圖書金龍獎：

詩歌類：《山》

圖畫書類：《達達長大了》、《小老鼠普普》、《鹿港百工圖》、《逛街》

故事類：《蔬菜水果的故事》、《快樂山林》

知識類：《吳姐姐講歷史故事》、《臺灣火車》

大專院校兒童文學研修獎學金：

曾琪淑、徐瑞嬪、呂璨君、許思靜、張麗香、何聰明、林均婷、林有德、楊淑珺、劉怡瑩、陳紹慈、陳重光、郭碧如、黃瑞怡、向蕙芳。

新任理事：

陳木城、林煥彰、洪文瓊、曹俊彥、鄭明進、洪義男、劉宗銘、鄭雪玫、李雀美、桂文亞、丁淑卿、方素珍、傅林統、林武憲、邱各容、謝武彰、夏婉雲、徐守濤、楊平世、賴西安、杜榮琛共二十一人。

　　新任監事：

　　林海音、潘人木、蘇尚耀、林文寶、陳正治、黃郁文、林
　　春輝共七人。

十二月

十六日　中華民國兒童文學學會新任常務理事為曹俊彥、陳木城、林
　　　　煥彰、洪文瓊、鄭雪玫、林武憲、邱各容等七人。常務監事
　　　　為黃郁文。鄭雪玫則當選第三屆理事長。

十九日　九歌兒童劇團假臺北市國家戲劇院實驗劇場首演環保兒童
　　　　劇——「李兒上山」。並自翌日起至三十一日止，假該劇場
　　　　連演十四場。

廿六日　由高雄市政府社會局兒童福利服務中心主辦，媽咪兒童劇團
　　　　協辦的小紅帽兒童戲劇研習營，假中正文化中心至善廳公演
　　　　兒童劇——「兒童保護軍」。

廿九日　中華民國兒童文學學會常務理事邱各容經理事長鄭雪玫提
　　　　名，理監事會同意後，出任該會秘書長。遺缺由理事鄭明進
　　　　遞補，另由後補理事林月娥遞補為理事。

卅　日　臺北市兒童文學教育學會假木柵國小舉行第一屆第二次會員
　　　　大會。會中除頒贈第一屆臺北市兒童文學獎外，還邀請金華
　　　　國小蘇盛雄老師發表〈閩南兒歌的學與教〉專題演講並改選
　　　　理監事。

　　兒童文學獎教育類：
　　林淑美、鄭智夫、陳衍麟、王碧梅、吳蕙芳、簡進財。
　　兒童文學獎成人創作類：
　　夏婉雲、溫小平、張如鈞、楊喜媛。

兒童文學獎兒童創作類：

余宣黎、張心寧、吳筱涵、張雅涵、洪佳穗、李欣蓉、蘇采蘋、楊凱婷、葉琬瑜、張遐志。

新任理監事分別為：

理事：王天福、林政華、趙天儀、夏婉雲、凃良枝、盧清蓮、邱各容、黃振華、周文珍、王淑真、褚乃瑛、胡玲玉、吳年年、李新海、王碧梅、陳壽美、賴麗華、張美玲。

監事：簡志雄、溫貴琳、羅華木、康秀俐、曾郁敏。

彰化縣兒童的雜誌——《智慧菓》創刊，發行人周清玉，社長戴明國，主編游麗津。共一○二頁。內容有怎樣寫童詩、兒童詩園、童話故事、兒童創作、童詩等。

《兒童文學研究》——戲劇專集第二集，臺北市國語實驗國民小學出版。

一九九〇年兒童文學書目

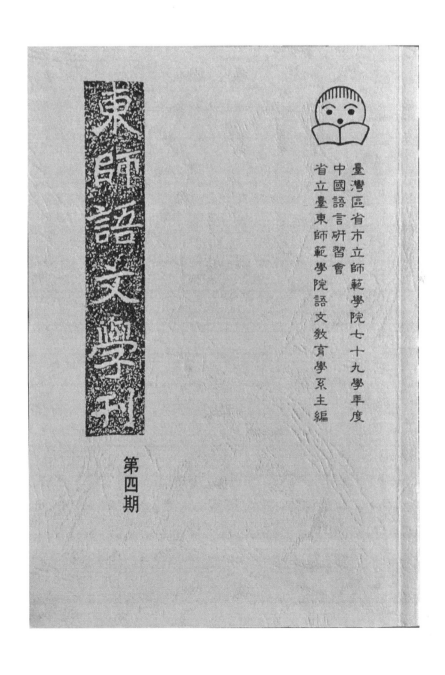

　　一九九〇年度兒童文學書目，仍以兒童文學論述、兒童文學創作、語文等三類為主彙集收錄。並略述其觀察如下。

　　一九九〇年度的出版界，似乎是景氣蕭條；就是兒童讀物市場而言，一九八九年度的熱鬧景象已不復可見。其間，較為熱門的是兩岸的交流更形熱絡。

　　在蕭條的景象中，卻有較為落實的理念出現：聯經出版事業公司印製「中國古典名著少年版」。其特色是由陳燁、趙衛民、陳煌、蘇偉貞等知名青年作家，將原來大部頭的原著，以現代文字改寫成約十萬字的讀本。目前已出版《水滸傳》、《西遊記》、《聊齋志異》、《醒世姻緣》等四冊書。東華書局出版《中國美術史》、《臺灣生活日記》等書。省教育廳的中華兒童叢書又增加了廿四本好書。只是其印製何其牛步，而購買又何其不易。國立編譯館主編的系列簡明版中國故事，已由正中書局出版四種，面目清新可喜。

　　又本年度評選優良兒童讀物蔚成風氣：除金鼎獎、新聞局第八次推介、金龍獎（中華民兒童文學學會）外，又有國立教育資料館的評鑑；尤其是中國時報一九九〇年開卷最佳童書，挾其強勢媒體，則更具權威性與公信力。若以論述而言，自當以〈兒童文學史料初稿（1945-1989）〉最為可嘉。

一九九〇年兒童文學論述書目

書名	作者（譯者）	出版社	出版日期	開數	頁數	備註
兒童文學故事體寫作論	林文寶	臺東師院語教系	1月	25	298	增訂新版
一百分的小孩	紫楓	富春文化事業公司	2月	25	140	
兒童文學研究（二）——戲劇專集	林淑英主編	北市國語實小	2月	25	171	
臺灣區省市立師院78學年度兒童文學學術研討會論文集	嘉義師院語教系主編	嘉義師院	5月	16	256	
兒童成長與文學——兼論兒童文學創作原理	葉詠琍	東大圖書公司	5月	25	74	
做個讀詩的快樂兒童	江連君	百進出版社	5月	25	246	
幼兒閱讀現況調查研究	信誼基金會學前兒童教育研究發展中心	信誼基金會	5月	16	105	
兒童文學創作論	張清榮	供學出版社	6月	16	269	
幼兒讀物消費狀況調查研究	信誼基金會學前兒童教育研究發展中心	信誼基金會	6月	16	62	
童話的世界	相博沢	久大文化公司	6月	直16.5橫10.5	175	

書名	作者（譯者）	出版社	出版日期	開數	頁數	備註
幼兒教育輔導工作研討會論文集	臺東師院幼師科主編	臺東師院	6月	25	350	
兒童文學的思想與技巧	傅林統	富春文化事業公司	7月	25	434	
演的感覺真好——談兒童戲劇創作	杜紫楓	富春文化事業公司	7月	25	234	
兒童文學史料初稿（1945-1989）	邱各容	富春文化事業公司	8月	25	539	
兒童課外讀物展覽及評鑑實錄	國立教育資料館	國立教育資料館	9月	25	174	
宜蘭縣兒童文學史料初稿	邱阿塗	宜蘭縣教育局	9月	25	31	
兒童文學講話	李漢偉	復文圖書出版社	10月	新25	201	增訂新版
兒童詩創作與教學研討會手冊	陳木城等	中華民國兒童文學學會	11月	25	42	
認識兒童詩	徐守濤等	中華民國兒童文學學會	11月	16	118	
童詩天地	林合發編著	尚禹軒文化公司	11月	25	186	頁40至186為範詩選
月亮謝謝您	蔡榮男主編	臺中師院附小	11月	20	77	
海峽兩岸現代兒歌研究	杜榮琛	培根兒童文學雜誌社	12月	16	33	
兒童文學研究（三）戲劇專集第二集	林淑英主編	北市國語實小	12月	25	127	

一九九〇年兒童文學文學創作書目

書名	作者（譯者）	出版社	出版日期	開數	頁數	備註
小亮哥奮鬥記——小提琴家林昭亮的故事	蔡素貞	浩恩音樂事業推廣社	1月	16	63	
春在心頭已十分	柯錦鋒	富春文化事業公司	2月	25	186	
東方的寓言	謝鵬雄	中華日報社	2月	25	230	
家家酒	魏惟儀	中華日報社	2月	25	213	
九歌兒童書房第十集　小瑩和她的朋友　頑皮故事集　小黑灰與比比	楊小雲　　侯文詠　呂紹澄	九歌出版社	2月	25	191　　148　112	
無鹽歲月	陳玉珠	幼獅文化事業公司	2月	25	128	
蠻蠻	李潼	幼獅文化事業公司	2月	25	120	
吳姐姐講歷史故事第十一冊（南宋一元）	吳涵碧	中華日報	2月	25	255	
吳姐姐講歷史故事第十二冊（宋末一元）	吳涵碧	中華日報	2月	25	263	
阿灰，我知道了	桂文亞編	民生報社	3月	25	122	
我知道，你也愛我	桂文亞編	民生報社	3月	25	148	

書名	作者（譯者）	出版社	出版日期	開數	頁數	備註
山	林鍾隆	省教育廳	4月	20	38	
孩子的季節	葉維廉	省教育廳	4月	20	38	
小紙船的流浪	許漢章	省教育廳	4月	20	38	
雪地和雪泥	黃郁文	省教育廳	4月	20	38	
生活日記	夏錦鍔	省教育廳	4月	20	58	
智慧的燈盞	楊兆禎	省教育廳	4月	20	38	
快樂山林	謝顗	省教育廳	4月	20	80	
山谷的災難	林永祥	省教育廳	4月	20	58	
麻雀搬家	李錦珠	富春文化事業公司	4月	25	137	
大肚魚的故事	黃基博曾次朗曲	屏東仙吉國小	4月	25	64	
月亮和做夢的孩子	謝新福	謝新永	4月	長20.5寬19	186	
騎馬打仗	國柱等	中央日報	4月	長19寬21	119	
誠摯的關懷	李仙配等	中央日報	4月	長19寬21	119	
中國寓言	吳奚真等編著	正中書局	4月	20	121	
蔬菜水果的故事	林鍾隆	民生報社	5月	20	101	
心向太陽	林少雯整理	文經出版社	5月	25	214	
友友的故事……大提琴家馬友友的故事	蔡素貞	浩恩音樂事業推廣社	5月	16	63	

書名	作者（譯者）	出版社	出版日期	開數	頁數	備註
中國民間故事（一）、（二）	吳奚真編著	正中書局	5月	20	（一）166（二）219	
中國歷史故事（一）、（二）	吳奚真編著	正中書局	5月	20	（一）157（二）199	
媽，求你答應我	木子	幼獅文化事業公司	6月	25	116	
帶爺爺回家	李潼等	臺灣省教育廳	6月	16	229	
飄香童年	藍祥雲主編	宜蘭縣政府・文復會宜蘭縣支會	6月	16	72	宜蘭縣國小教師兒童文學創作集
唱歌的河流	沙白	台一社	9月	長22寬19	96	
童話書第一輯	宗融主編	佛光出版社	9月	20		全輯五冊。一至四冊皆68頁，第五冊76頁
寶貝列傳	陳煌	民生報社	10月	32	124	
麻姑獻獸	璟琦	民生報社	10月	32	235	
智慧鳥	邱傑	民生報社	10月	25	128	
天上人間（中國民俗節日故事）	陳亞南編著	正中書局	10月	25	141	
童年往事	鮑曉暉	國語日報	11月	25	135	

一九九〇年兒童文學語文書目

書名	作者 （譯者）	出版社	出版日期	開術	頁數	備註
語法與修辭上、下	劉蘭英、孫全洲	新學識文教出版中心	1月	25	490	大陸翻版書
文章學導讀	張壽康	新學識文教出版中心	1月	25	198	大陸翻版書
成語出迷宮第二輯	梅新主編	中央日報出版部	1月	25	236	
細說作文	林義烈	幼獅文化事業公司	3月	25	249	
心靈的翅膀	蕭麗華	正中書局	3月	25	207	
有效的說話教學策略	北市教師研習中心	北市教師研習中心	6月	25	296	
童詩散文齊步走	蔡榮勇	欣大出版社	7月	25	164	
穿上文學的翅膀	黃秋芳	黃秋芳創作坊	7月	25	191	
作文一點訣	楊雪真	自印本	7月	25	107	
成語出迷宮第三輯	梅新主編	中央日報出版部	7月	25	295	
我不再讀錯別字（下集）	蔡有秩編著	華淋出版社	8月	25	270	
成語出迷宮第四輯	梅新主編	中央日報出版部	10月	25	235	
寫作方法一百例	劉勵操編著	國文天地雜誌社	10月	25	513	大陸翻版書
語言與文化	羅肇錦	國文天地雜誌社	10月	25	228	
文章礎石及其他	林覺中	文津出版社	11月	25	168	
一生實用的智慧	范銘富 范銘強	尖端出版社	11月	新25	170	
表達的藝術——修辭廿五講	蔡謀芳	三民書局	12月	25	239	

書名	作者 （譯者）	出版社	出版 日期	開術	頁數	備註
旅遊札記寫作技巧	大隈秀夫著 吳玉華譯	世茂出版社	12月	25	226	
寫作指導	劉玉琛	富春文化事業公司	12月	25	204	

一九九一年兒童少年文學發展大事記

林政華

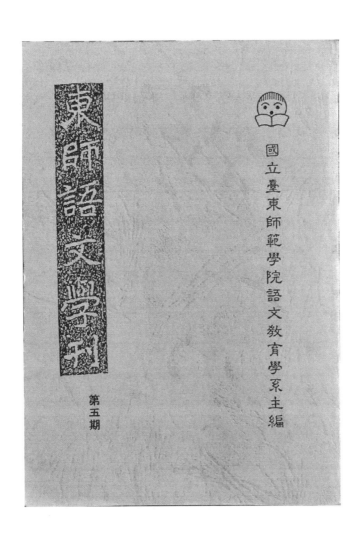

　　一九九一年十一月一日，邱各容先生當面要求筆者接替他撰寫兒童少年文學年度發展大事記；因為一則他的工作忙，一則在奉獻兒童少年文學方面，他找到另外著力的地方，所以，決定放棄多年從事的大事記錄工作。筆者一面敬佩他關懷兒童少年文學史料蒐集，以至研究工作的長期經營苦心，一面也惶恐著倉促接事，掛一漏萬，棒子接不好，則罪莫大焉。好在平日喜歡從事研究工作，蒐集不少資料，只是沒有全面性加以記錄而已；再加補充，力求完整，是不太困難的事。明年起，就可以天天注意，「用功在平時」，並且每則資料也都可以具明出處了。

元月

初　旬　　行政院新聞局編列新臺幣二十萬元經費，購置中國時報開卷版最佳童書：林鍾隆《山》（教育廳中華兒童叢書）、呂紹澄《小黑炭與比比》（九歌出版社）等，分贈偏遠國小每校各十五套；其中多兒童少年文學讀物。

八日起六天　　鞋子兒童實驗劇團在臺北市通化街、大湖街等地之巷弄空地，演出「兩個朋友」、「天上的寶石」等二齣新劇六場次。

十三日　　臺北市兒童文學教育學會選出第二屆理事長，仍由王天福，常務監事仍由溫貴琳擔任。理事長並任命夏婉雲為總幹事。

中　旬　　臺灣省國校教師研習會資助臺北縣碧華國小出版百篇童詩集《小龍兒》（列第十四集）。

十八日起三天　　九歌兒童劇團在臺北市幼獅藝文中心，演出「李兒上山」環保劇五場次。

二十日起　　彩虹樹劇團在國立藝術館及高雄、臺中、桃園、臺北縣立文化中心，演出「白雪公主」、「蘋果森林」等兒童劇。

廿二日　九歌兒童劇團在澎湖縣立文化中心，與該縣國小、幼稚園教師合演「素蘭姑娘要出嫁」的即興劇目。

卅一日起至二月四日　教育部主辦，省立臺東師院承辦之一九九〇年學年度省市立師院寒假中國語文研習會，以兒童少年文學之研習為主，其有關之課程為：

　元月三十一日　張清榮主講：兒童詩歌的形成。楊茂秀主講：兒童思考與兒童詩歌。林政華主講：從詩發展的觀點看兒童少年詩。趙天儀主講：兒童詩歌的未來與發展。

　二月一日　林武憲主講：兒童詩歌的語言。徐守濤主講：兒童詩歌的教育觀。

　二月二日　蔡尚志主講：兒童詩歌的繪畫性。邱燮友主講：兒童詩歌朗誦。李麗霞主講：兒童詩歌的音樂性。杜淑貞主講：兒童詩歌的修辭。

　二月三日　鄭蕤主講：兒童詩的賞析。林加春主講：怎樣指導兒童寫詩歌。陳木城主講：兒童詩歌的教學。陳正治主講：兒歌的賞析。

本　月　藍祥雲童話集《金色的鹿》增修新版，由臺北市富春文化事業公司印行；初版於十八年前。

二月

二日至三日　臺中縣政府、臺灣省兒童文學協會在豐原市臺中縣立文化中心合辦「79年度臺灣省兒童文學創作研討會」，其論文發表情形如下：

　二　日　邱各容發表：臺灣兒童文學的活動與其年代作品的風格。洪中周：論臺灣童話的現代化。

三　　日　洪志明發表：論臺灣童詩成人與兒童作品表現的意象比較。李潼：論中國大陸兒童文學概況與特色。陳明台：論日本近現代兒童文學的特色諸問題。另，陳千武、洪文瓊、邱各容、林政華等十五位在綜合座談會中，講釋下列四專題；推動兒童文學創作與欣賞的意義與價值；如何促進兒童文學創作與欣賞興趣；如何讓家長認識兒童文學的重要性，接受人格、倫理道德的教育；如何加強透過兒童文學陶冶人心，導正社會風氣。

二日至三日　花蓮縣政府舉辦兒童文學研習營，其課程為：

二　　日　邱阿塗主講：少年小說賞析。

三　　日　杜淑貞：兒童詩修辭技巧指導。葉日松：童詩的創作與教學。

二日至四日　臺南縣大牛兒童城文化推廣基金會舉辦兒童戲劇研習會。

三　　日　臺灣省兒童文學協會在豐原市臺中縣立文化中心，召開第一屆第二次會員大會。

四日至九日　臺中縣教育局舉辦兒童文學研習營。除九日之分組討論及綜合座談外，其課程如下：

四　　日　黃盛雄主講：童話的教育價值。鄭蕤：安徒生的童話原則。

五　　日　夏婉雲：童詩寫作研究。黃盛雄：古典童話。

六　　日　劉瑩：童話與故事。陳正治：童話理論與作品賞析。

七　　日　陳玉珠：童話寫作研究。初釗：童話習作。

八　　日　張正勇：如何從國語文教學推展兒童文學。傅林統：童話的趣味及作品欣賞。

四日至九日　雲林縣政府舉辦斗南區、北港區國小教師兒童文學研習會；除一般國語文課程外，與兒童少年文學有關之課程如下：

六　　日　林文寶主講：兒童文學理論。

八　　日　蔡勝德：兒童詩教學指導。

四日至九日　宜蘭縣第十五屆國小教師兒童文學研習營在羅東國小舉
　　　　　　行。其有關兒童少年文學有關之課程如下：

五　　日　劉秀男主講：鄉土故事、童話寫作。李松德：談散文寫
　　　　　　作。

六　　日　邱阿塗：童話創作指導。

七　　日　邱阿塗：閱讀寫作指導——指定《山》、《孩子的季節》和
　　　　　　《爸爸的手》三書為研討材料。陳浪評：談童詩教學。李
　　　　　　英茂：談童詩寫作。

八　　日　林政華：古典詩、白話小詩與童詩。林敬佑：談小故事寫
　　　　　　作。

初　　旬　宜蘭縣教育局出版國小教師童詩專輯《詩的花園》，由藍祥
　　　　　　雲主編。

廿八日　中華民國兒童文學學會會址，由臺北市長安東路遷移至重慶
　　　　　　南路一段六十號光統圖書百貨公司七樓。

本　　月　由邱各容、林文寶和林政華三位分工所完成之一九九〇年年
　　　　　　度兒童少年文學大事記、書目與文論編目，刊於《中華民國
　　　　　　兒童文學學會會訊》七卷一期。其中文論編目係首次編刊，
　　　　　　以後繼續編輯，並及一九八八、一九八九年度者。

本　　月　高雄市兒童文學寫作學會舉辦第一屆余吉春童詩創作獎，吳
　　　　　　美鈴等獲初小組獎，陳佳琪等得高小組獎。

本　　月　臺北縣立文化中心兒童閱覽室舉辦「票選圖書排行榜」活
　　　　　　動，冠軍為《亞森羅蘋》。

三月

二　　日　第四屆信誼幼兒文學獎頒發，劉明（大陸）《小木匠學藝》

獲得首獎，蘇振明撰文、其母蘇楊挖畫圖之《看！阿婆畫圖》獲佳作獎。

五　日　臺北市兒童文學教育學會與臺北市國教輔導團國語科輔導小組合辦之「國語輔導與兒童文學」創刊，有關兒童少年文學之論文為：林政華之〈從詩的發展談兒童少年詩的押韻〉。

初　旬　第四屆東方出版社少年小說獎揭曉，邱傑《劃克斯人（Fax）》、周銳（大陸）《千年夢》獲優選獎；首獎缺。

十四日　臺灣省教育廳公布第四屆兒童文學創作獎名單：首獎：林方舟〈畫眉鳥風波〉。優等獎：耿惠芳〈鈴聲響起〉、陳肇宜〈老師的新機車〉。佳作獎：黃瑋琳〈鞦韆〉等，凡十五名。

十六日　中華民國兒童文學會與民生報、中央圖書館臺灣分館合辦第一梯次「好書大家讀」活動，評選元、二月出版優良兒童少年讀物，《醜醜》、《拉拉與我》、《藍天燈塔》和《我會照顧自己》等入選。

廿三日　臺北市兒童文學教育學會在木柵國小舉辦第一屆兒童詩現場創作比賽，分國小中年級、高年級組二組。

廿四日　皮匠兒童布偶劇團在板橋臺北縣立文化中心演出「東東、西西奇遇劇──小氣村與說謊村」。

卅一日　高雄市兒童文學寫作學會第十屆柔蘭獎揭曉：黃偉瑋等獲兒童故事獎，江連君等獲兒童詩歌獎。

下　旬　兒童少年書出版業者成立「兒童服務委員會」，由鄭雪玫教授召集十五位委員，三個月一期評選兒童少年好書排行榜。

本　月　《月光光》兒童詩刊改名為《月光光兒童文學》季刊。

本　月　臺北市《兒童文學家》季刊創刊。

春　　臺灣省兒童文學協會在臺中市文化中心舉辦「春季兒童文學研習班」，成人與兒童各一班，為期十二週次。研習作品刊載於《滿天星兒童文學》第十九期。

四月

三、四日　魔奇兒童偶劇團為國小低年級學童舉辦「魔奇偶戲營」。

四　日　臺南市〈兒童文學雜誌〉以八開報紙型試刊，有啄木鳥〈兒童文學應擴大為兒童少年文學〉等論文。

四日至七日　蔣家語撰文及陳志賢繪圖之《小樟樹》、奚阿興（大陸）圖《二郎擔山》、王炳炎（大陸）圖《顧米亞》等三書在臺出版，入選為義大利波隆那兒童圖書展暨插畫家展之作品。

五、六日　魔奇偶劇團為幼稚園大班幼兒演出「魔奇童話森林」及「魔奇科幻星球」。

八　日　國立成功大學已退休兒童少年文學家蘇雪林教授九五誕辰，林政華撰文〈蘇雪林先生與兒童〔少年〕（編者刪，當補）文學〉刊於《中央日報副刊》。

十二日至十四日　九歌兒童劇團在臺北市幼獅藝文中心演出「小叔叔找朋友」劇。

十三日至六月八日　信誼幼兒圖書館舉辦「兒童文學列車」系列演講，其情形如下：

　十三日　李永豐主講：粉墨登場的兒童文學——談兒童戲劇。

　五月十一日　鄭明進：談如何走進欣賞圖書插畫之門。

　六月八日　楊靜齡：有了故事就來電——輕鬆的說，愉快的學，深刻的想像和影響。

十四日　臺北市兒童文學教育學會舉辦第一屆兒童詩現場創作比賽（三月二十三日比賽）頒獎，中小組為張堯睿等九人，高小組為黃立慧等十一位小朋友獲獎。

十五日　臺灣區各級學生國劇競賽在臺北縣立文化中心開賽，有臺北市立師院實驗小學、宜蘭縣黎明國小等四所學校進入決賽。

十九日 魔奇、一元及鞋子三兒童少年劇團聯合在臺中市中興堂，演出「口袋」、「小猴子與賣帽子的人」（以上魔奇）、「猴子與螃蟹大戰」（一元）和「拼圖的夢」等劇目。

廿　日 「聊齋──萬物有情」說唱劇坊在信誼基金會演出《王六郎》（說書）和《勞山道士》（西田社布袋戲）兩冊《聊齋圖畫書》故事。

廿一日 臺南縣家扶中心在縣立文化中心演出兒童保護劇「陶叔叔救命」和「小美的陰影」。

廿四日 高雄市教育局、高雄市兒童文學寫作協會舉辦第一屆兒童詩歌朗誦比賽，親子組由愛群國小等，學生組由凱旋國小等獲獎。

廿七日 鞋子兒童實驗劇團舉辦「兒童戲劇研習營」。

本　月 陳玉珠《無鹽歲月》一書獲得楊喚兒童文學獎。

五月

四　日 高雄市第十屆文藝獎頒發，李錦珠《麻雀搬家》獲兒童文學類首獎。

九　日 臺北縣永和網溪國小承辦「臺北縣雙和區兒童劇展觀摩」，演出該校教師李春霞所編「快樂葫蘆村」。

十　日 自立早報舉辦「魔術羊──童詩創作比賽」揭曉，成人組：王金選（〈五封信〉）等人獲獎，兒童組：推薦獎由宜蘭市中山國小陳亮安獲得；甄選獎有林婉茜（三重市永福國小，〈四季接力〉）等卅一人獲得。

十七日 九歌兒童偶劇團遠赴蘇俄參加「國際偶戲藝術展」，演出三場偶劇「東郭、獵人、狼」。

卅　日　臺北縣樹林鎮大同國小承辦兒童戲劇發表觀摩會，演出「呆呆的傻問題」、「彩虹森林」、「新完璧歸趙」和「妙姻緣」四齣短劇。

卅一日　中央研究院文學哲學研究所籌備處召開「中國文哲研討會」，該所彭小妍發表〈沈從文的阿麗思中國遊記：童話或寫實？──兼論五四小說形式的流變〉。

　　　　臺北縣瑞芳區兒童戲劇發展觀摩會，由澳底國小承辦，演出「病從口入」、「最珍貴的禮物」等四齣短劇。

下　旬　臺北縣兒童少年文學專輯《森林裡的歌手》出版，首次刊出兒童少年作品。

本　月　中華民國兒童文學會出版《華文兒童文學小史》，分：一、臺灣、大陸、香港、馬來西亞、新加坡兒童文學發展概況。二、臺灣地區各類兒童文學發展概況。並附錄：王泉根〈近十年大陸兒童文學理論專著與文獻史料書目匯要〉。

本　月　臺北縣柑林國小推展古典兒童少年詩、兒童少年詩朗誦教學；其中兒童少年詩為該校教師林月娥之作品。

六月

五　日　臺北縣雙城國小話劇社在新店大豐國小演出創作劇「三個夢」、「何處是兒家」和「射日」等三齣。

七日至九日　鞋子兒童實驗劇團在臺北幼獅藝文中心演出「拼圖的夢」一劇。

九　日　「文學與美術類圖書雜誌展」，選出優良圖書《逛街》（陳志賢圖、文）、雜誌《兒童的雜誌》（省教育廳出版）頒獎。

十一日　臺北縣立文化中心舉辦「臺北縣詩歌吟唱朗誦發表觀摩會」。會中另有改編、表演故事和小說等，再加以演出。

十五日　「臺灣區國劇賽」頒獎，個人清唱獎：國小組為北縣中正國
　　　　小楊若琪等獲得。團體清唱獎，為臺南志開國小等獲得。

中　旬　臺北縣教育局於八里國小舉辦「臺北縣80年度詩詞吟唱發表
　　　　觀摩會」。

卅日、七月七日、七月十四日　蘋果劇團在臺北市國立藝術館演出
　　　　「新愛麗思夢遊仙境」。

本　月　中華民國兒童文學會出版《兒童文學大事紀要》。收錄一九
　　　　四五年至一九九〇年間，臺灣、大陸、海華地區及國外兒童
　　　　文學大事等。附錄：兩岸兒童文學論著暨研究參考資料書
　　　　目等。

七月

一日至四日　臺灣省兒童文學協會舉辦「少年兒童文學夏令營」，在
　　　　東勢林場，凡二梯次，兩百人參加講習。

六日、十二日　九歌兒童偶劇團與奧國特利市特劇團合作，於幼獅藝
　　　　文中心演出舊俄托爾斯泰作品〈小木偶與金鑰匙〉。

八日起六天　臺北市教育局在國語實小舉辦兒童文學研習營，探討主
　　　　題為童詩與兒歌。

八日至八月十二日　信誼基金會舉辦第二屆「信誼圖畫書創作研習
　　　　班」。其中與兒童少年文學有關之課程為：

　十五日　曹俊彥主講：從插畫、漫畫到圖畫書——談以圖畫寫作的
　　　　各種形式。又：世界圖畫書百年史——圖說與欣賞。

　廿二日　吳幸玲、陳璐茜：由兒童發展談圖畫書千變萬化的壓克力
　　　　顏料。鄭善禧：兒童讀物國畫插圖探討。曹俊彥：圖畫在
　　　　圖畫書中的整個演出計畫。

　　卅一日　鄭明進：精選歐、美、日本圖書插畫家作品——個別選型
　　　　分析。

　　八月十二日　畫者和編輯：圖畫書插畫者之經驗談及編輯者的話。

十日至二十日　鞋子兒童實驗劇團邀請德國諾得史提偶劇團來臺，演
　　　　出「蛀牙蟲流浪記」，係改編自德國兒童少年文學作品《卡
　　　　里與巴土》。

上　旬　《聯合文學》雜誌第八十一期「芝麻開卷」專輯，策劃刊登
　　　　適合中學生閱讀之文藝作品調查研究報告。其適合國中少年
　　　　的前十書，為：《楊喚詩集》、《汪洋中的一條船》、《母親的
　　　　愛》、《小太陽》、《琦君說童年》、《開放的人生》、《天地一沙
　　　　鷗》、《窗口邊的豆豆》、《陽光下的笑臉》、《唐詩三百首》
　　　　等。並有簡政珍、吳鳴等十位作家、學者的賞析。

十二日至十四日　臺北縣教育局舉辦「臺北縣暑期兒童文藝寫作
　　　　營」，在三峽五寮國小舉行。

十七日十九日　臺北縣立文化中心舉辦「丫丫兒童戲劇營」。

十八日廿六日　美國奇幻默劇團在臺北市崇光百貨公司等地，演出舞
　　　　臺劇「白雪公主」、「韓森與葛娜德」和「魔法師的學徒」
　　　　等。

廿　日、廿一日、卅一日　魔奇兒童偶劇團在臺北市社會教育館演出
　　　　「三國歷險記——大破黃巾賊」。

中　旬　行政院新聞局出版〈第九次推介優良中小學生課外讀物清
　　　　冊〉，凡圖書一三七種四四九冊，雜誌八種七十八冊。

廿九日至八月三日　中華文化復興運動總會、臺灣省教育廳主辦，臺
　　　　灣省兒童文學協會承辦之「臺灣省80年度兒童文學創作研究
　　　　夏令營」，在日月潭分童話、小說組與新詩組二組進行，其
　　　　課程如下：

卅　日　邱各容主講：我國童話小說的演進與展望。洪文瓊：童話創作與教學。李潼：少年小說創作研究。趙天儀：我國童詩的演進與展望。白萩：成人與兒童的詩意象比較。鍾俊雄：兒童的視覺藝術與文學表現。

卅一日　洪中周主講，小說創作經驗。陳憲仁：小說作品欣賞。洪志明：童詩作品欣賞。林武憲：童詩創作經驗。蕭秀芳：童詩教學與經驗。張瑟琴：兒童漫畫的文學效用。王武昌：家庭、宗教與文學。

八月一日　寧克文主講：兒童戲劇研究。陳千武：童詩的主題表現。陳明台：國外兒童文學簡介及其特色諸問題。日人宮入黎子演講，陳明台譯：培育兒童增加豐富的感性教育。日人高丸茂登子講，陳千武譯：增加兒童表現能力指導方法。

二　日　日人野呂昶主講，桓夫譯：少年詩創作鑑賞。日人保坂登志子講，陳明台譯：臺灣與日本的童詩比較。

下　旬　苗栗縣政府在苗栗市舉辦國小教師兒童劇展研習營，凡二梯次。

本　月　李潼《順風耳的新香爐》韓文本由漢城太陽社出版。

八月

四　日　臺北兒童合唱團在國家音樂廳演出兒童少年歌劇「地心一百」，係由景翔作詞，有科幻劇情；另外，又演唱童謠。

五日至八日　魔奇兒童偶劇團為殘障小朋友舉辦「魔奇創造力戲劇營」。

八　日　臺灣省兒童文學協會出版《我心目中的爸爸》童詩集。

十二日至十七日　魔奇兒童偶劇團為幼稚園大班幼生及國小低、中學
　　　　童，舉辦「魔奇兒童戲劇營」，分紙袋偶營、童話天地和科
　　　　幻世界三梯次。

廿二日起八天　捷克愛麗絲魔幻黑光劇團在北、中、南三區，演出九
　　　　場「愛麗絲幻遊奇境」。

本　月　《中華民國兒童文學學會會訊》七卷四期刊出大陸陳子典、
　　　　許平辛合編之〈大陸兒童期刊目錄彙編〉，凡二十三頁。
　　　　薛林撰幼兒詩論述集《童稚心靈皆是詩》，由臺北秋水詩社
　　　　出版，凡廿九篇。

九月

十四日　中華民國兒童文學會等舉辦「兩岸兒童文學座談會」，討論
　　　　近年來臺灣海峽兩岸兒童少年文學交流互動之情形等五項議
　　　　題。其記錄刊於十月出版《會訊》七卷五期，凡廿三頁。

十四日　中華民國兒童文學會第四屆中華兒童文學獎文學類得主為李
　　　　潼，作品是《藍天燈塔》。

廿三日　一元布偶劇團在臺中市中山堂演出「新西遊記」。另配合演
　　　　出短劇「愛」。

廿五日　九歌兒童劇團在臺北市永樂國小演出環保劇「李兒上山」。

廿六日　九歌兒童劇團在臺北華江國小演出「李兒上山」劇。

下　旬　桂文亞〈江南可採蓮〉一文，獲得大陸第十屆陳伯吹兒童文
　　　　學散文類獎。文刊一九九〇年元月十三日《民生報兒童天
　　　　地》。

本月起　國立成功大學外文系開設「兒童少年文學」選修課，由施常
　　　　花教授擔任講授。

本月起　私立中原大學商業設計系開設「兒童插畫」課程，由施政廷
　　　　教授講授。

本月起　小西園掌中劇團在新莊國小開班授徒，由團主許王教導三年
　　　　級學生演戲。

月底起至隔年四月　行政院文化建設委員會資助九歌、魔奇、鞋子兒
　　　　童劇團，分赴全省北、中、南三區作「親子戲劇遊——淨土
　　　　八〇」巡迴演出。

本　月　莫渝譯法國兒童詩選《夢中的花朵》，由臺北富春文化事業
　　　　公司出版。凡五十五首，並附〈法國兒童詩導讀〉、〈法國兒
　　　　童詩欣賞〉等文。

十月

十二日　鞋子兒童實驗劇團在臺北市國語實小演出「拼圖的夢」音樂
　　　　默劇。

十四日　國立臺北師範學院圖書館在林政華主任之規畫下，新闢「兒
　　　　童少年圖書閱覽專區」，典藏新舊兒童少年文學圖書、期
　　　　刊、雜誌為主，近萬冊，分類陳列，提供閱覽。

十七日起　中華電視臺在每週四下午五時，推出半小時之「詩歌童
　　　　唱」節目，由林少雯編劇，介紹古典兒童少年詩歌。並聘請
　　　　黃永武、邱燮友、李殿魁、林政華、鄭向恆等教授解說有關
　　　　詩歌的問題。

下　旬　第一信託公司委託製作立體童話故事書《噴火恐龍》，捐贈
　　　　全國各小學圖書館。

十一月

十　日　教育部核准私立靜宜大學夜間部，於一九九二學年度設立
　　　　「青少年兒童福利學系」。其日間部已有此系，並開設有
　　　　「兒童文學」相關課程。

十四日　《中國時報》刊載〈啊川人百萬芳鄰李文淑住新店〉一文，
　　　　稱李老太太於一九七五年即在新店開辦「中華兒童少年服務
　　　　社」；除服務之外，又充實圖書設備供免費借閱。按：此可
　　　　能為臺灣首次使用「兒童少年」一名。

十四日　第十八屆洪建全兒童文學獎揭曉，黃志民、蔡淑惠等獲圖畫
　　　　故事類首獎，汪姿芝獲童話類首獎，陳木城《吹牛，登山者
　　　　的兒歌》獲兒歌類首獎。按：此為最後一屆舉辦。

十七日　鞋子兒童實驗劇團在臺南縣立文化中心演出「泡泡口香糖」
　　　　一劇。

廿八日至十二月一日　九歌兒童劇團在幼獅藝文中心演出「小朋友找
　　　　叔叔」。

廿九、卅日　高雄市媽咪兒童劇團在中正文化中心公演「夢境成真」
　　　　舞臺劇，由周炳成編導，分「黃昏暮色」、「月影朦朧」和
　　　　「晨光普照」三幕。

十二月

一　日　中華民國兒童文學會第三屆第一會員大會在臺北市立圖書館
　　　　召開。下午並舉辦「兒歌討論會」，研討兒歌的創作、教
　　　　學、兒歌與兒童詩、田野調查與談方言兒歌等五項主題。
　　　　臺南市《兒童文學雜誌》雙月刊正式創刊，社長、總編輯鄭
　　　　文山，主編蔡錦德，該刊在此之前曾試刊四期。

《中華民國兒童文學會訊》七卷六期刊出洪文瓊〈臺灣兒童讀物出版公司簡介〉，陳子典〈大陸兒童讀物出版社介紹〉，中均含沿革、重要代表性出版品等項目。

十日至隔年元月廿日　大陸浙江師範大學與杭州大學向海外聯合招收「中國現代兒童文學專業碩士研究生」報名。

十四日　教育廳中華兒童叢書第五期金書獎頒布，分最佳寫作獎，由楊明麗《蘇東坡》、徐仁修《婆羅洲雨林探險》、楊茂樹《北海岸之旅》、楊仁江《先民的遺跡》等獲得。優良寫作獎，由嚴友梅《老牛上山》、陳玉珠《菱角塘》、張曉風《談戲》等獲得。

十五日　臺北市兒童文學教育學會頒發第二屆臺北市兒童文學獎，分推動兒童文學教育獎，由林政華、鄭奕宏、胡曉英、董素貞、楊喜媛、張淑華、林妙玲、張嘉真等獲得。成人創作獎，由應平書、劉素萍、方鴻鳴獲得。兒童創作獎，由謝昀臻等廿位獲得。

廿　日　張珠兒（名幸元）童詩攝影集《童年——生活與愛》由臺中尚陽文化公司出版，刊有兒童少年詩四十六首，圖（影）文並茂。

臺北市教育局舉辦中學詩歌朗誦比賽，國中團體組由大直、金華、吳興、內湖獲最佳獎，個人組士林國中黃景珩等得獎。

廿二日至廿五日　魔奇兒童偶劇團在臺北市國立藝術館，演出「淨土八〇」，包括「豆芽幻想家」、「淘氣精靈」和「新龜兔賽跑」等劇目。

廿三日　徐仁修、劉還月合著之《臺灣生活日記》四冊，獲得兒童讀物一般類金鼎獎。

結語

綜觀這一年的兒童少年文學發展概況，在持續進展中，有下列幾項值得提出的：

一、為兒童少年戲劇活動頗為頻繁；而外國劇團的來訪公演，也使國人得到觀摩之機會。但是，他們的劇本多未發表，嚴格說來，文學性劇本方屬兒童少年文學作品。

二、為中央以及地方政府推展、輔導兒童少年文學活動，不減當年。

三、是九所師院每年一度的兒童少年文學學術研討會，因故未舉辦，實為憾事。

四、為與海峽對岸以及與國外交流活動日多；惟外國作品之翻譯與介紹，似仍嫌不足。

五、為兒童少年文學推展活動積極進入校園，頗為可取。

展望明年，將有更大的進步，更豐碩的收穫。

（一九九一年十二月三十一日）

一九九一年度兒童文學書目

兒童讀物研究中心

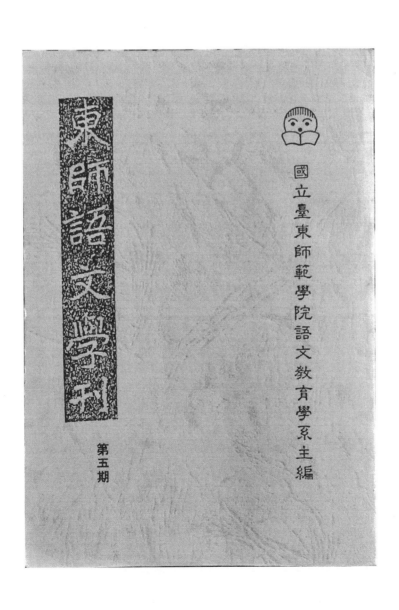

　　年度書目專欄自本期起，由「兒童讀物研究中心」負責。本中心是本系自一九九一年八月一日新增設，因本中心之設立，更確立本系的研究與發展的方向。本中心由於初設，除中心主任一人外，並無組員，更無經費。因此，書籍之購買，仍由林文寶主任個人支付，是以年度書目的收錄仍沿舊例。

一九九一年兒童文學論述書目

書名	作者（譯者）	出版社	出版日期	開數	頁數	備註
兒童少年文學	林政華	富春文化事業公司	1月	25	494	
兒童文學評論集	洪文珍	臺東師院語文教育系	1月	25	333	
東師語文學刊（第四期）	東師語教系主編	臺東師院語文教育系	2月	25	447	兒童詩歌專輯
親子共擁書香	吳幸玲、吳心蘭、陳玟如、楊錦鑾	牛頓出版公司	4月	新25	210	
華文兒童文學小史（1945-1990）	林良等	中華民國兒童文學學會	5月	16	154	
中國兒童文學	王秀芝	臺灣書店	5月	25	356	新版
民俗與兒童文學研究	蔡尚志主編	臺義師院語文研究發展中心	6月	25	358	
兒童文學大事紀要（1945-1990）	洪文瓊主編	中華民國兒童文學學會	6月	16	341	
海峽兩岸兒童詩歌比較研究	杜榮琛	培根兒童文學雜誌社	6月	16	66	

書名	作者（譯者）	出版社	出版日期	開數	頁數	備註
臺北市公私立兒童圖書館（室）現況調查研究	計劃主持人：鄭雪玫	國立中央圖書館臺灣分館	6月	116	113	
童稚心靈皆是詩	薛林	秋水詩刊社	8月	25	144	
兒童文學創作論	張清榮	富春文化事業公司	9月	25	358	
兒童文學周刊第八輯	張劍鳴主編	國語日報	11月	8		
認識兒歌	林文寶主編	中華民國兒童文學學會	12月	16	124	
「兒童圖書館之經營管理」觀摩會參考資料選輯（第一輯）、（第二輯）、（第三輯）	行政院文化建設委員會	行政院文化建設委員會		16	（一）183（二）227（三）312	無出版日期

一九九一年兒童文學創作書目

書名	作者（譯者）	出版社	出版日期	開數	頁數	備註
你不是我最好的朋友	鄭世安、林竺霓	林白出版社	1月	新25	244	
金色的鹿	藍祥雲	富春文化事業公司	1月	25	139	舊書新版
愛結	敻虹	大地出版社	1月	32	147	頁63-123為童詩

書名	作者（譯者）	出版社	出版日期	開數	頁數	備註
九歌兒童書房第十一集 　藍天燈塔 　醜醜 　時間魔術師 　吹泡泡的小馬	李潼 周芬伶 黃海 王玉	九歌出版社	2月	25	138 126 133 163	
臺東行	東師語教系主編	臺東師院語文教育系	2月	25	124	
童心映月	慈濟文化出版社主編	慈濟文化出版社	3月	直21 橫17.5	210	
魚兒水中游	陳啟淦	富春文化事業公司	3月	25	171	
我和姊姊哥哥	卜貴美	國語日報	3月	25	271	
天的眼睛	董大琦改編	東華書局	4月	直17.3 橫18.8	215	
瑪拉瑪與鱷魚河	董大琦改編	東華書局	4月	直17.3 橫18.8	131	
小巴掌童話	張秋生	民生報社	4月	直17.5 橫21.2	233	大陸翻印
特別通行證	周銳	民生報社	4月	直17.5 橫21.2	92	大陸翻印
百安大廈	陳玉珠	富春文化事業公司	4月	25	187	
輕歌細語	陳清枝	中華民國假日生活教育推廣協會	4月	25	258	
畫眉鳥風波	林方舟等	省政府教育廳	5月	16	279	

書名	作者 （譯者）	出版社	出版 日期	開數	頁數	備註
小池塘的歌王	陳熒	文經出版社	5月	25	152	
小龍新主張	溫小平	業強出版社	5月	新25	215	
唉唉國王吃月亮	羊憶如	國語日報	5月	直20.7 橫18.5	130	
金螺仙女	練美成	國語日報	5月	25	165	
少年耀宗的故事	邱傑	聯經出版事業 公司	6月	25	105	
紅龜粿	王金選	信誼基金出版 社	6月	直20.5 橫22	23	
一百個中國孩子的 夢（一）、（二）、 （三）	董宏猷	國際少年村圖 書出版社	6月	新25	（一） 253 （二） 254 （二） 251	大陸翻印
吳姐姐講歷史故事 續壹集（元末）	吳涵碧	皇冠文化出版 公司	6月	32	172	
吳姐姐講歷史故事 續貳集（明初）	吳涵碧	皇冠文化出版 公司	6月	32	175	
縱谷裏的呼喚： 　巴掌大的仙子 　雨，還在下著 　嗎？ 　盛開吧，野薑花 　弟弟不要怕！	李淑真	幼獅文化事業 公司	6月	25	101 151 171 127	
口水龍	管家琪	民生報社	7月	直17.5 橫21.1	135	
奇妙的旅行袋	謝武彰	民生報社	7月	32	238	

書名	作者（譯者）	出版社	出版日期	開數	頁數	備註
小雨點（兒童詩曲集）	詩／李秀 曲／黃友棣	李秀	8月	16	83	
地球人與魚	邱傑等	台灣東方出版社	8月	32	253	
娃娃	小野	遠流出版事業公司	8月	新25	154	
空瓶之歌	楊雅惠	文豪出版社	9月	25	235	
救難記	蕭奇元	文豪出版社	9月	25	199	
臺灣兒童詩選集（一）	薛林等	臺灣省兒童文學協會	11月	25	211	
再見，長尾巴	陳啟淦	富春文化事業公司	11月	25	171	
是誰偷了果子——寓言新說	紫楓	富春文化事業公司	11月	25	133	
長腿七和短腿八——木子說故事	木子	富春文化事業公司	11月	25	224	
爸爸的話——女兒篇（第三集）、（第四集）	酈時洲	聯經出版事業公司	11月	32	（三）326（四）324	
誠實心・快樂心	教育部、國語日報社合編	國語日報社	12月	25	160	
乳牛和珍珠雞	教育部、國語日報社合編	國語日報社	12月	25	152	
老三甲的故事	嶺月	文經出版社	12月	25	223	

一九九一年兒童文學語文書目

書名	作者（譯者）	出版社	出版日期	開數	頁數	備註
作文的好導師（上）、（下）	蕭奇元	富春文化事業公司	2月	25	（上）232（下）198	
同義辭辨析	江必興、胡家賜、段德森	新學識文教出版中心	2月	25	388	大陸翻印
小學語文教育研討會論文集	市北師主編	市北師國語文教學中心	3月	16	92	
兒童文學與現代修辭學	杜淑貞	富春文化事業公司	3月	25	785	
修辭學（上）、（中）、（下）	沈謙	空中大學	4月	25	（上）386（中）242（下）321	
臺灣省第二屆教育學術論文發表會（語文教育）	新竹師院主編	新竹師院	6月	16	433	
看故事學語文	賴慶雄	國語日報社	7月	25	287	
美讀與朗誦	邱燮友	幼獅文化事業公司	8月	25	355	
修辭散步	張春榮	東大圖書公司	9月	25	286	
現代漢語修辭學公	黎運漢、	書林出版公司	9月	25	267	

書名	作者（譯者）	出版社	出版日期	開數	頁數	備註
司	張維耿					
小學作文教學——劇本	黃基博	仙吉國小	10月	25	39	

一九九二年度兒童文學書目

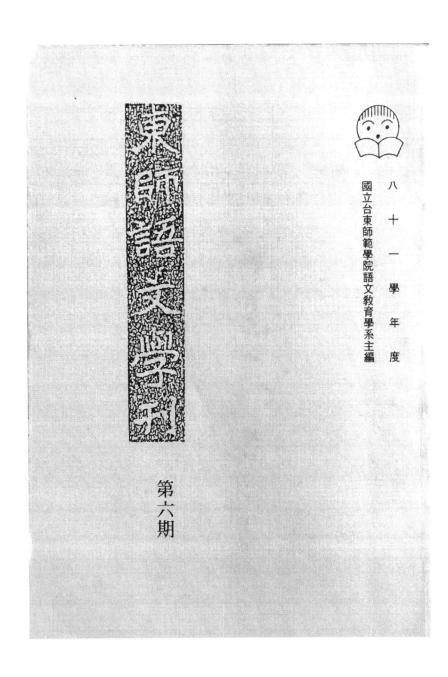

一九九二年兒童文學論述書目

書名	作者（譯者）	出版社	出版日期	開數	頁數	備註
兒童故事寫作研究	蔡尚志	百誠出版社	1月	25	319	
第一屆中國語文教學學術研討會論文集（國小組）		臺灣省教育廳、高師大國文研究所編印	5月	16	186	
審美教育國際學術研討會論文集		屏東師院編印	5月	16	376	
兒童文學學術研討會論文集——少年小說	東師語教系編	臺東師院	6月	25	322	
中國歌謠大家唸	馮輝岳	武陵出版社	6月	25	225	
伊索寓言的人生智慧	李赫解析	稻田出版公司	6月	新25	335	
兒童故事寫作研究	蔡尚志	五南圖書出版公司	9月	25	307	與百誠版同
兒童詩初探	趙天儀	富春文化事業公司	10月	25	431	
第一屆兒童文學與兒童語言學術研討會論文集	文學院編印	靜宜大學	11月	16		只列各單篇頁數
臺灣地區兒童文學工作者名錄	執行編輯：林麗娟	中華民國兒童文學學會	11月	16	297	
認識童話	林文寶主編	中華民國兒童文學學會	11月	16	166	
楊喚童詩賞析	吳當	國語日報社	12月	25	142	

一九九二年兒童文學創作書目

書名	作者（譯者）	出版社	出版日期	開數	頁數	備註
淘氣故事集	侯文詠	皇冠文化出版公司	1月	新25	166	
藍裙子上的星星	周芬伶	皇冠文化出版公司	1月	新25	182	
熊智銳童話故事選輯（全輯六冊）： 剝了皮的兒童節 阿彩的老師 兩顆糖 三滴汗 玲玲與巧巧 白文鳥的奇遇	熊智銳	臺灣書店	1月	20.5×17.5	85 81 85 82 89 85	
綠衣人	李潼	大地出版社	1月	25	168	
月亮上的獨角獸	劉洪順主編	石頭出版公司	1月	25	236	
安安上學	林武憲	富春文化事業公司	1月	25	187	
最長的一夜	李銘愛	富春文化事業公司	1月	25	162	
第三軍團（上、下）	張之路	國際少年村圖書出版社	2月	新25	上冊232 下冊234	
九歌兒童書房（第十二集）： 　彩虹公主 　魔鏡 　老鼠看下棋	陳金田 陳玉珠 吳夢起	九歌出版社	2月	25	159 165 181	全集計四冊，另一冊是翻譯。

書名	作者（譯者）	出版社	出版日期	開數	頁數	備註
坐在雲端的鵝	夏婉雲	富春文化事業公司	2月	25	249	
溫暖的心	琹涵	皇冠文化出版公司	3月	新25	182	
年少情懷	琹涵	皇冠文化出版公司	3月	新25	190	
二十隻腳趾	杜白	民生報社	3月	25	233	
是誰偷了果子	紫楓	富春文化事業公司	3月	25	133	
人生花園──祖母畫家吳李玉哥傳	李再鈴	漢文文化公司	3月	12×19	153	
小精靈	徐士欽	久洋出版社	3月	29.5×20.5	64	
人類童年的夢	朱蓓蓓編寫	業強出版社	4月	新25	237	
未發表的童話	劉洪順主編	石頭出版公司	4月	25	187	
作家的童話盒子	劉洪順主編	石頭出版公司	4月	25	193	
彩虹妹妹	林少雯	文經出版社	4月	25	184	
這就是我的個性	李潼	民生報社	4月	25	280	
我有絕招	可白	小兵出版社	4月	19.5×21	150	
大個兒周銳寫童話	周銳	民生報社	4月	17.5×21	191	
臺灣的囝仔歌	簡上仁	自立晚報文化出版部	4月	25×23.5		計三冊，無頁次
智慧魔術袋（中國歷代寓言精選）	謝武彰	聯經出版事業公司	5月	25		計十冊，頁數自145至204不等。
鹿鳴溪的故事	林文寶編	臺東師院	5月	25	413	

書名	作者（譯者）	出版社	出版日期	開數	頁數	備註
雷龍沙普	王麗秋	富春文化事業公司	5月	25	183	
少年噶瑪蘭	李潼	天衛文化圖書公司	5月	25	319	
中國民間傳奇故事		豐年社	6月	25		全套六冊，第一集175頁，其餘皆182頁。
紐西蘭神話故事集	林方舟	國語日報社	6月	25	111	
袋鼠跳躍的大地	夏祖麗	民生報社	6月	25	201	
小婉心	管家琪	天衛文化圖書公司	6月	25	223	
思想貓遊英國	桂文亞	民生報社	6月	25	253	
捉拿古奇颱風	管家琪等	臺灣省政府教育廳	6月	16	266	
失去的童話工廠	小野	皇冠文化出版公司	7月	新25	191	
烤箱裡的小狗	揚歌	富春文化事業公司	7月	25	182	
恐龍星座	李潼	大地出版社	7月	25	203	
人魚小孩的初戀故事	賴曉珍	民生報社	7月	17.5×21	166	
搭船的鳥	郭風	業強出版社	8月	新25	134	
廢五金少年的偉大夢想	李順興	聯經出版事業公司	8月	新25	121	
日落臺北城	周姚萍	天衛文化圖書公司	8月	24	192	

書名	作者（譯者）	出版社	出版日期	開數	頁數	備註
中國孩子在美國	路安俐	國語日報社	8月	25	282	
少年大頭春的生活週記	大頭春	聯合文學出版社	8月	25	173	
孩子王‧老虎	王家珍	民生報社	8月	18×21	164	
邊城兒小三──兒童版沈從文傳	蔡宜容編著	天衛文化圖書公司	9月	25	191	
母子禪	王靜蓉	圓神出版社	9月	25	162	
這是一個小小世界	簡宛	民生報社	10月	32	219	
帶電的貝貝	張之路	國際少年村圖書出版社	10月	新25	299	
我有絕招續集	可白	小兵出版社	10月	20×21	150	
原來如此	陳益源	臺灣新生報出版部	10月	20×19	176	
變色的天使	陳玉珠等	幼獅文化事業公司、法務部	10月	25	137	
危險遊戲	陳玉珠等	幼獅文化事業公司、法務部	10月	25	133	
今年你七歲	劉健屏	國際少年村圖書出版社	11月	新25	263	
剪燈新語故事集	陳益源	臺灣新生報出版部	11月	20×19	143	
蓮蓮和她的弟弟妹妹們	王淑俐	師大書苑公司	11月	25	169	
大鼻國歷險記	黃海	民生報社	11月	25	173	重新出版
姚碧漪的故事（上、中、下）	李淑真	業強出版社	11月	25		上冊155頁中冊153頁下冊163頁

書名	作者（譯者）	出版社	出版日期	開數	頁數	備註
千年夢	周銳、邱傑	東方出版社	11月	32	229	
竹鳳凰	朱效文	天衛文化圖書公司	12月	24	240	
放風箏的手——懷恩童詩集	馮喜秀	自印本		25	49	無出版日期

一九九二年兒童文學語文教學書目

書名	作者（譯者）	出版社	出版日期	開數	頁數	備註
作文小百科——童詩篇	林鍾隆	正生出版社	1月	25	212	
創意童詩教室	林本源	小暢書房	3月	新25	234	
修辭方法析論	沈謙	宏翰文化事業公司	3月	25	399	
筆耕在春天	趙天儀	正中書局	4月	25	144	
神奇的小方塊——文字的形·音·義	李文茹	知青頻道出版公司	5月	25	121	
第一屆臺灣地區國語文教學學術研討會論文集	師大國文系、中輔會編印	師大、中輔會	6月	25	502	
我的作文老師	朱錫林	禮記出版社	6月	21.5×20	195	
童詩寫作技巧	柯錦鋒	欣大出版社	8月	25	255	
常用詞一百講	羊汝德	國語日報	8月	19×10.5	201	
快樂小作家	趙天儀	正中書局	9月	25	131	
豆豆學說話	張嘉真	富春文化事業公司	9月	25	323	

書名	作者 （譯者）	出版社	出版 日期	開數	頁數	備註
童詩心園（壹套四冊） 　詩詩談詩話 　童詩的滋味 　童詩朵朵開 　詩人小故事	策劃： 何翠華； 作者： 林淑英、 談衛那	華一書局	11月	25	143	各冊皆同 為143頁
神來之筆（壹套四冊）： 　生活點滴 　抒情世界 　說理篇章 　應用天地	策劃： 何翠華； 作者： 林淑英、 林淑卿	華一書局	11月	25	143	各冊皆同 為143頁
國語日報童詩選	陳木城等	國語日報社	12月	20.5×19	367	
童詩開門（壹套三冊）： 　敲門篇 　開門篇 　進門篇	陳木城、 凌俊嫻	國語日報社	12月	20.5×19	117 114 119	重新出版

一九九三年度兒童文學書目

兒童讀物研究中心

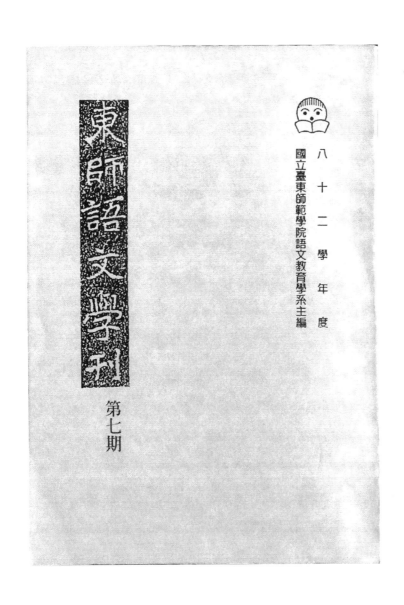

　　教育部長郭為藩先生面對爭議三年多未決的國小、國中、高中課程的修訂，提出對二十一世紀人才所需特質想法是「本土化、國際化、資訊科技化、人文素養」，一般被認為是相當前瞻的看法。依此看法考察兒童讀物，似乎亦無不可。

　　一般說來，兒童讀物銷售仍以直銷與郵購方式為主要方式，因此拼湊成套的惡習，仍是不可避免。以出版市場來說，一九九三年仍是譯書與圖畫書的天下。各家出版社搶購 DK（Dorling Kerdersley）公司的書，造成「DK 強風過境」的現象，將仍會在一九九四年繼續瀰漫。

　　兩岸兒童文學的交流也在持續進行，只是交流與合作的模式已有了改變。如民生報五月間與河南海燕出版社合作《吃彩虹的星星》、《大俠、少年、我》各上下共四冊。中國時報開卷一九九三年度的十本最佳童書中，只有兩本圖畫書是本土創作。整體來說，國際化、資訊科技化有餘；而本土化、文化素養仍嫌不足。

　　如果我們把眼光鎖定在本土創作與出版社方面，我們發現少年小說類的氣勢正盛，它仍會是一九九四年的主流趨勢。其中最值得稱道的是天衛文化圖書公司，天衛的招牌書就是少年小說。除外，皇冠出版公司繼兒童圖畫書「小皇冠叢書」，又推出以文字為主的普及性兒童讀物「皇冠童書舖」系列。皇冠童書以「本土性、人文性、創造性」為訴求，這是臺灣地區兒童讀物出版界的清流，至目前為止，皇冠童書皆以本土創作為主。

　　又南部出版社，一般說來，毀多於譽。在一九九三年裡，大千文化出版社推出本土創作的森林文庫；世一書局推出陳順和編譯日本國語教科書文學作品選集的親子劇場十二冊。給人面目一新的感覺。

　　在各種的兒童文學獎當中，第一屆師範學院學生兒童文學創作獎的出現，代表著教育當局的重視。

　　由於本中心的人力、財力有限，有處東隅，年度書目仍沿前例，不收幼兒讀物，且以兒童文學論述、兒童文學創作、語文教學等三類為主彙集收錄。

一九九三年兒童文學論述書目

書名	作者	出版社	出版日期	開數	頁數	備註
好書大家讀	桂文亞主編	民生報、中華民國兒童文學學會	2月	16	182	
青少年課外讀物展覽及評鑑實錄		國立教育資料館編印	2月	菊8	528	
海峽兩岸寓言詩研究	杜榮琛	先登出版社	3月	16	108	
第二屆中國語文教學學術研討會論文集		臺灣省教育廳、國立高雄師範大學國文研究所編印	4月	16	347	
東師語文學刊第六期	國立臺東師院語文教育學系	臺東師院語文教育學系	5月	24	342	
童詩廣角鏡	杜萱	正中書局	5月	24	238	
幼兒的一一〇本好書		信誼基金會	5月	20×18.5	67	
國小作文寫字教學學術研討會論文集		臺南師院語文教育學系主編	6月	16	337	
1945-1992年臺灣地區外國兒童讀物		國立中央圖書館臺灣分館	6月	16	837	

書名	作者	出版社	出版日期	開數	頁數	備註
文學類作品中譯本調查研究						
觀念玩具——蘇斯博士與新兒童文學	楊茂秀、吳敏而	遠流出版事業公司	6月	24	80	
兒童文學與兒童讀物的探索	林武憲	彰化縣立文化中心	6月	24	287	
兒童讀物研究	司琦	臺灣商務印書館	6月	新25	221	重印本
兒童文學	林文寶、徐守濤、蔡尚志、陳正治編著	國立空中大學	6月	24	441	
童詩的樂趣	陳千武	臺中縣立文化中心	6月	24	232	
兒童文學周刊第九輯	張劍鳴主編	國語日報社	7月	8	100	
兒童文學周刊第十輯	張劍鳴主篇	國語日報社	7月	8	100	
1992年優良圖書好書大家讀手冊		中華民國兒童文學學會、民生報、臺北市立圖書館、國立中央圖書館臺灣分館	8月	25.5×12.5	124	
林良和子敏	中國海峽兩岸兒童文學研究會編	業強出版社	10月	新25	224	

書名	作者	出版社	出版日期	開數	頁數	備註
耕耘者的果樹園	中國海峽兩岸兒童文學研究會編	業強出版社	10月	新25	283	
童詩的孕育與誕生	郁沫（化清）	南投文化中心	10月	24	228	
美加兒童文學博士論文提要	洪文瓊主編	中華民國兒童文學學會	11月	16	166	
心靈舞臺──心理劇的本土經驗	王行、鄭玉英	張老師出版社	11月	24	306	
科學童話研究	李麗霞	先登出版社		24	282	無出版日期

一九九三年兒童文學語文教學書目

書名	作者	出版社	出版日期	開數	頁數	備註
幼兒的語文經驗	黃瑞琴	五南圖書出版公司	1月	24	206	
實用修辭學	關紹箕	遠流出版事業公司	2月	24	340	
名家教你學作文	林良講評	國語日報社	3月	24	230	
小書桌上的創意日記	粘子奕、蔡蕙蓉	兒童日報	4月	19×17.5	156	
動動腦學語文	賴慶雄	國語日報社	5月	24	279	
國小語文科教學探索	李漢偉	復文圖書出版社	6月	24	331	
一把文學的梯子	張春榮	爾雅出版社	7月	19×13	317	

書名	作者	出版社	出版日期	開數	頁數	備註
大家來猜謎	鄭同元、鄭博真編著	漢風出版社	7月	新25	171	
小學生作文指導	陳龍安主編	漢禾文化	8月	24	155	
國民小學國語科教材教法研究第三輯		臺灣省國民學校教師研習會	10月	16	101	
思考與寫作技巧	林慧玲編譯	書泉出版社	10月	24	212	
孩子一生的閱讀計畫		天衛文化圖書公司	11月	24	254	
剪剪貼貼學作文	蘇洵明、林鴻傑	西北出版社	11月	24	507	

一九九三年兒童文學創作書目

書名	作者	出版社	出版日期	開數	頁數	備註
老鹿王哈克	沈石溪	國際少年村圖書出版社	1月	新25	280	
怕癢樹	李昆純	民生報社	1月	24	168	
怒氣收集袋	管家琪	民生報社	1月	17.5×21	196	
麒麟下山	謝鵬雄	九歌出版社	2月	24	178	
胖胖這一家	楊小雲	九歌出版社	2月	24	167	
我是英雄	朱秀芳	九歌出版社	2月	24	169	
神奇的汗衫（上、下）	林少雯	文經出版社	2月	24	(上)140 (下)141	

書名	作者	出版社	出版日期	開數	頁數	備註
烏龜飛上天	王金選	大千文化出版事業公司	2月	21×15.5	139	
白鷺鷥的故鄉	王金選	大千文化出版事業公司	2月	21×15.5	135	
再見天人菊	李潼	自立晚報社	2月	24	154	重印本
燕心果	鄭清文	自立晚報社	2月	24	186	重印本
順風耳的新香爐	李潼	自立晚報社	2月	24	148	重印本
布丁果凍二重奏	唐琮	民生報社	2月	17.5×21	185	
不發脾氣的貓	陳啟淦	大千文化出版事業公司	3月	21×15.5	131	
搗蛋的莎莎	王蘭	大千文化出版事業公司	3月	21×15.5	143	
初旅	東年	麥田出版公司公司	3月	新25	204	
明月醉李白	戎林	民生報社	3月	18.5×13	294	
魔奇兒童劇選	李永豐等	周凱劇場基金會	3月	新25	66	
哪吒鬧海	李永豐	周凱劇場基金會	3月	新25	64	
年獸來了	黃美滿等	周凱劇場基金會	3月	新25	55	
夢幻仙境之旅	張黎明	周凱劇場基金會	3月	新25	36	
小狗的小房子	孫幼軍	民生報社	5月	17.5×21	173	
灰盒子寶貝	方素珍	大千文化出版公司	5月	24	157	
孫媽媽獵狼記	可白	小兵出版社	5月	19.5×20.5	159	

書名	作者	出版社	出版日期	開數	頁數	備註
長毛與餅乾	林淑玟	小兵出版社	5月	19.5×20.5	161	
捉拿古奇颱風	管家琪	民生報社	5月	17.5×21	180	
到歐洲去玩	謝明錩	民生報社	5月	24	298	
畫自己的臉譜（偉人的少年時代之一）	琴涵編著	漢藝色研文化公司	5月	24	151	
臺灣省第六屆兒童文學創作獎專輯——賴瑞、莫德與黑皮	張淑美等	臺灣省政府教育廳	6月	16	240	
土地公出差	王蘭	大千文化出版公司	6月	24	137	
愛吃雞腿的國王	夏婉雲	大千文化出版公司	6月	24	136	
奇異的航行	黃海	民生報社	6月	24	180	重印本
阿瘦找野果——木子說故事	木子	富春文化事業公司	6月	24	212	
小華麗在華麗小鎮	周芬伶	皇冠文化出版公司	6月	24	168	
鳥翎狐傳奇	劉慧軍	天衛文化圖書公司	6月	24	240	
兒童劇本創作集	黃基博	屏東縣立文化中心	6月	24	249	
臺灣省81學年度優良兒童劇本徵選集		高雄縣立文化中心	6月	23×23	164	
現代寓言	方崇智	國語日報社	7月	24	291	
三百字故事（上、中、下）	王玉川主編	國語日報社	7月	24	（上）243	重印本

書名	作者	出版社	出版日期	開數	頁數	備註
					(中)222 (下)232	
誰偷吃了雞蛋	呂紹澄	大千文化出版公司	7月	24	141	
冰小鴨的春天	孫幼軍	民生報社	7月	17.5×21	178	
新生「鮮」事多	王淑芬	小兵出版社	7月	17.5×21	163	
超時空友情	蔡宜容	天衛文化圖書公司	7月	24	208	
大衛表哥	管家琪	民生報社	7月	19×13	159	
飛行船之夢（I）	林鬱企劃；班馬、張秋林主編	國際少年村圖書出版社	7月	新25	250	
飛行船之夢（II）	林鬱企劃；班馬、張秋林主編	國際少年村圖書出版社	7月	新25	275	
飛行船之夢（III）	林鬱企劃；班馬、張秋林主編	國際少年村圖書出版社	7月	新25	219	
飛行船之夢（IV）	林鬱企劃；班馬、張秋林主編	國際少年村圖書出版社	7月	新25	244	
飛行船之夢（V）	林鬱企劃；班馬、張秋林主編	國際少年村圖書出版社	7月	新25	290	
成語劇場	李玉屏	業強出版社	7月	新25	191	
聰明的爸爸	嶺月	文經出版社	7月	24	185	

書名	作者	出版社	出版日期	開數	頁數	備註
一隻小青蟲──1993年海峽兩岸兒童文學選集《大陸童話卷》	王泉根主編	民生報社	8月		295	
一片紅樹葉──1993年海峽兩岸兒童文學選集《大陸童話卷》	金波主編	民生報社	8月		207	
借一百隻綿羊──1993年海峽兩岸兒童文學選集《臺灣童話卷》	林煥彰主編	民生報社	8月		237	
吃童話果果──1993年海峽兩岸兒童文學選集《臺灣童話卷》	桂文亞主編	民生報社	8月		290	
做孩子的生活大師	林微微	國語日報社	9月	24	236	
會笑的狗	杜白	幼獅文化事業公司	9月	24	253	
我得到了一個啟示：兒童散文選	謝武彰主編	正中書局	9月	24	141	
星際娛樂獎	吳燈山	大千文化出版公司	9月	24	142	
蓮霧國的小女巫	管家琪	大千文化出版公司	9月	24	143	
無姓家族	周銳	天衛文化圖書公司	10月	20.5×21	133	

書名	作者	出版社	出版日期	開數	頁數	備註
十個害人精	陳廷鴻	天衛文化圖書公司	10月	20.5×21	169	
木柳村的抱抱樹	李潼	天衛文化圖書公司	10月	20.5×21	133	
魔鬼機器人	葛冰	天衛文化圖書公司	10月	20.5×21	181	
最快樂的歌	張文哲	天衛文化圖書公司	10月	20.5×21	169	
烏龜大夢	李淑真	天衛文化圖書公司	10月	20.5×21	193	
妙妙聯合國	周姚萍	天衛文化圖書公司	10月	20.5×21	133	
傻鴨子歐巴兒	張之路	天衛文化圖書公司	10月	20.5×21	145	
九龍闖三江	戎林	九歌出版社	10月	24	130	
五十一世紀	劉台痕	九歌出版社	10月	24	152	
茵茵的十歲願望	楊美玲、趙映雪	九歌出版社	10月	24	152	
我們的土地	柯錦鋒	九歌出版社	10月	24	126	
魔錶	張之路	天衛文化圖書公司	10月	24	222	
我愛青蛙呱呱呱	林煥彰	小兵出版社	10月	17.5×21	112	
木棉樹的噴嚏	凌拂	皇冠文化出版公司	10月	24	109	
少女念慈的秘密	管家琪	皇冠文化出版公司	10月	24	159	

書名	作者	出版社	出版日期	開數	頁數	備註
少年龍船隊	李潼	天衛文化圖書公司	11月	24	190	
蛇寶石	劉興詩	天衛文化圖書公司	11月	24	172	
從滇池飛出的旋律	谷應	天衛文化圖書公司	11月	24	240	
擦拭的旅行——檳榔大王遷徙記	陳千武	臺原出版社	12月	16	123	
謎樣的歷史——臺灣平埔族傳說	陳千武	臺原出版社	12月	16	103	
盲童與狗	沈石溪	國際少年村圖書出版社	12月	新25	301	
回去看童年	林煥彰	國際少年村圖書出版社	12月	新25	173	
一隻獵鵰的遭遇	沈石溪	國際少年村圖書出版社	12月	新25	282	
男生賈里	秦文君	天衛文化圖書公司	12月	24	204	

一九九四年度兒童文學書目

兒童讀物研究中心

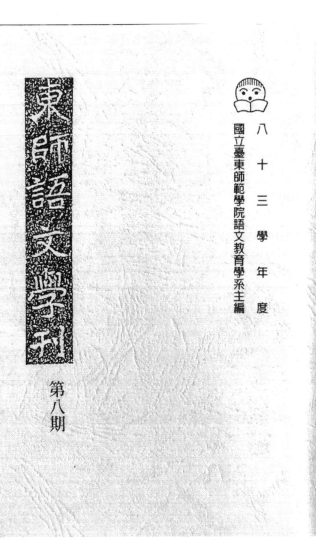

沙永玲女士於〈臺灣童書一九九四〉一文裡說：

> 如果用兒童文學的筆法來寫這篇探討「臺灣童書出版這一年」
> 的文章，我們不妨把一九九四年童書界描寫成一個叫「新新」
> 的小男孩。他剛脫下又沉又厚的舊外套，換上全新的運動裝，
> 正精神抖擻地在起跑線上各就各位，等待著向前衝刺呢！

的確，臺灣的童書出版在一九九四年又是一個活絡的年度。其間圖畫
書依然是最強勢的產品，但本土自製的品質與比例已然上升。又「看
得到，買不到」的套書單本不零售的產銷現象，依然未獲改善反而變
本加厲的廣泛延伸。然而我們更看到青少年文學的再崛起、優良兒童
讀物的介紹、兒童文學獎的增設以及大出版社的投入。其中《國語日
報》似乎有重執童書出版界牛耳的企圖。而《聯合報》「讀書人專
刊」參與「最佳童書金榜」的評選，除與《中國時報》「開卷版」較
技外，更有促銷的功能，試列兩大報最佳童書如下：

「開卷一九九四年度最佳童書」的決選委員：有林樵、邵廣昭、
唐香燕、郭城孟、葉青華、謝小芩。並於一九九五年一月五日中國時
報「開卷版」公布，其書單是：

《午夜劇場開演囉》　Květa Pacovská　棠雍圖書公司
《失落的一角》　Shel Silverstein 文圖　林良譯　自立晚報出
　　版部
《失落的一角會見大圓滿》　Shel Silverstein 文圖　林良譯
　　自立晚報出版部
《地下鐵開工了》　加古里子文圖　黃郁文譯　台灣英文雜誌
　　社

《迎媽祖》　李潼文　張哲銘圖　行政院農委會

《城南舊事》　林海音文　關維興圖　格林文化事業公司

《紅葫蘆》　曹文軒著　民生報社

《第七條獵狗》　沈石溪著　民生報社

《森林大熊》　Jörg Steiner 文　Jory Müller 圖　格林文化事業
　　公司

《想念五月》　Cynthia Rylant 著　小密柑譯　智茂文化公司

《噗噗熊溫尼》　A. A. Milne 文　E H. Shepard 圖　張艾茜譯
　　聯經出版事業公司

《噗噗熊溫尼和老灰驢的家》　A. A. Milne 文　E H. Shepard
　　圖　張艾茜譯　聯經出版事業公司

　　聯合報「讀書人一九九四最佳童書」的評選委員有沙永玲、黃宣
勳、孫小英、愛亞。其評選分讀物、繪本兩類，並於一九九五年一月
十二日《聯合報》「讀書人專刊」揭曉，其書目：

讀物類：

《漫畫科學小百科》（套書）　李黨等　東方

《莎拉塔的圍城日記》　莎拉塔・菲力波維克著　麥慧芳譯
　　智庫文化

《童詩旅遊指南》　黃秋芳著　爾雅

《臺灣小兵造飛機》　周姚萍著　天衛

《了解你的狗・貓》　Dr. Bruce Fogle 著　張麗瓊、王道方譯
　　牛頓

繪本類：

《城南舊事》　林海音著　關維興圖　格林文化

《白石山歷險記》　孫晴峰著　陳志賢圖　信誼

《黑白村莊》　劉伯樂文圖　信誼

《我們要去捉狗熊》　羅森文　奧森貝里圖　林良譯　台英

《唸唸兒歌認認字》　謝武彰著　龔雲鵬圖　東華

　　個人相信一九九四年對童書而言，是豐盛且是蛻變的一年。回顧過往，展望未來，寄語我們的兒童文學界，可別又走進新殖民的泥淖。針對新舊殖民經驗，如何界定自己的本土文化，強調傳統文化的契機及其特點，便成為刻不容緩的課題。

一九九四年兒童文學論述書目

書名	作者（譯者）	出版社	出版日期	開數	頁數	備註
兒童文學事體寫作論	林文寶	毛毛蟲兒童哲學基金會	1月	25	365	新版
海峽兩岸小學語文教學研討論文集	臺北師範學院語文教育系編	臺北師範學院	4月	16	345	
一九九三年優良童書指南	管家琪主編	中華民國兒童文學學會	4月	長：25.7 寬：12.8	119	
兒童文學析論（上）（下）	杜淑貞	五南圖書出版公司	4月	25	553 695	
童詩童話比較研究論文特刊		中國海峽兩岸兒童文學研究會	5月	16	183	

書名	作者 （譯者）	出版社	出版 日期	開數	頁數	備註
童書非童書	黃迺毓、 李坤珊、 王碧華	財團法人基督教 宇宙光傳播中心 出版社	5月	長：20.8 寬：19	281	
創作性兒童戲劇入門	林玫君編譯	心理出版社	6月	25	169	
中國本土童話鑑賞	陳蒲清	駱駝出版社	6月	25	676	
楊喚與兒童文學	林文寶	臺東師範學院語 文教育系	6月	25	341	
兒童文學學術研討 會論文集──兒童 文學教育	臺東師院語 文教育系編	臺東師範學院語 文教育系	6月	25	243	
臺灣兒童文學史	洪文瓊	傳文文化事業公 司	6月	25	154	
兒童文學見思集	洪文瓊	傳文文化事業公 司	6月	25	187	
兒童圖書的推廣與 應用	洪文瓊	傳文文化事業公 司	6月	25	120	
臺灣囝仔歌的故事 （一）（二）	康原	自立晚報社文化 出版部	6月	25	91 109	
少年小說初探	傅林統	富春文化事業公 司	9月	25	282	
日文版與中文版 「小紅帽」的比較 研究	吳淑琴	傳文文化事業公 司	11月	25	145	

一九九四年兒童文學語文書目

書名	作者（譯者）	出版社	出版日期	開數	頁數	備　註
書架上的精靈——創意閱讀指導	吳美鈴	紅蕃茄文化公司	1月	25	147	
寫出心中的美——創意寫作引導	吳美鈴	紅蕃茄文化公司	1月	25	171	
小學作文四步訓練	李昌斌、馬兆銘	建宏出版社	1月	25	387	
寫詩寫情	張嘉真	富春文化事業公司	2月	25	368	
錯別字解惑——別字篇	柯劍星	國語日報社	2月	長：18.8 寬：10.4	166	
錯別字解惑——錯字篇	柯劍星	國語日報社	2月	長：18.8 寬：10.4	166	
名家教你演說	林葳葳	國語日報社	2月	25	246	
體檢國小教科書	江文瑜編	前衛出版社	3月	25	215	
童詩旅遊指南	黃秋芳	爾雅出版社	3月	32	260	
小學生作文實用手冊	吳忠豪等	建宏出版社	3月	長：23.5 寬：17		
不信青春喚不回——詩詞賞析（一）	吳淑玲	新苗文化事業公司	5月	25	167	
春到人間草木知——詩詞賞析（二）	吳淑玲	新苗文化事業公司	5月	25	163	
談詩說詞真好玩（上）（下）	蔡惠蓉	翰輝圖書贇公司	5月	長：18.5 寬：17.5	175 178	

書名	作者（譯者）	出版社	出版日期	開數	頁數	備　註
作文的鳳頭與豹尾——論說文	吳淑玲	國語日報社	5月	25	139	
作文的鳳頭與豹尾——抒情文	林淑英	國語日報社	6月	25	183	
喵喵喵喵鵝游水	謝武彰	紅蕃茄文化公司	6月	長：25 寬：20.5	未標頁碼	
嘰嘰喳喳蟲蟲飛	謝武彰	紅蕃茄文化公司	6月	長：25 寬：20.5	未標頁碼	
綠綠大樹香香花	謝武彰	紅蕃茄文化公司	6月	長：25 寬：20.5	未標頁碼	
脆脆蔬菜甜果	謝武彰	紅蕃茄文化公司	6月	長：25 寬：20.5	未標頁碼	
靜靜悄悄雪花飄	謝武彰	紅蕃茄文化公司	6月	長：25 寬：20.5	未標頁碼	
作文的鳳頭與豹尾——記敘文	方家瑜	國語日報社	8月	25	183	
怎樣修改作文	程漢傑	萬卷樓圖書公司	8月	25	177	
美妙的古詩歌（上）（下）	張水金	國語日報社	8月	25	242 226	
兒童寫作技巧百招（上）（下）	黃基博	國語日報社	10月	25	196 218	
快樂作文一二三	藍祥雲	國語日報社	10月	長：21.4 寬：19.2	80	
小學作文分類指導	徐金海、孫雲卿編	建宏出版社	10月	25	628	
全方位兒童作文	何綺華等	全國兒童出版社	10月	長：27.5 寬：20.2	446	

書名	作者（譯者）	出版社	出版日期	開數	頁數	備　註
低年級作文指導（上）（下）	黃基博	國語日報社	11月	25	179 189	
小學作文訓練教程	秦兆基編著	建宏出版社	11月	25	992	

一九九四年兒童文學創作書目

書名	作者（譯者）	出版社	出版日期	開數	頁數	備註
星星的作業簿	許悔之	皇冠文化出版公司	1月	25	145	
笑霸王	謝武彰	民生報社	1月	25	200	
布袋戲	謝武彰	民生報社	1月	25	207	
超級大灰毛	小野	皇冠文化出版公司	1月	25	143	
失蹤的航線	劉興詩	天一圖書公司	2月	25	355	
九歌兒童書房（第十五集）： 　雪地菠蘿 　北京七小時 　我是一隻博美狗	陳曙光 俞金鳳 邱傑	九歌出版社	2月	25	142 123 123	
遨遊古人世界	李雲嬌	國語日報社	2月	25	258	
大頑童劉興欽的故事	林少雯	業強出版社	2月	新25	261	
秦始皇到臺灣神祕事件	黃海	天衛圖書公司	3月	25	187	
少年阿杰生活留言板	朱家杰	幼獅文化事業公司	3月	25	215	

書名	作者（譯者）	出版社	出版日期	開數	頁數	備註
小響馬	吳夢起	天衛圖書公司	3月	25	240	
紅葉的故事	王惠民	民生報社	3月	25	114	
幸福之城	王玉	水牛出版社	3月	32	180	
春神來了	王玉	水牛出版社	3月	32	198	
小班頭的天空	柯錦鋒	天衛圖書公司	4月	25	173	
愛的顏色	徐薏藍	皇冠文化出版公司	4月	新25	214	
歡歡樂樂遊西南	郜瑩	國語日報社	4月	25	196	
歡歡樂樂遊川貴	郜瑩	國語日報社	4月	25	179	
沙沙和皮皮	林少雯	文經出版社	4月	25	189	
科學童話（一）（二）（三）（四）	謝武彰主編	愛智圖書公司	4月	25	179 171 171 179	
父母心‧兒女情	洪紹凡、洪三雄、陳玲玉	國語日報社	5月	25	250	
長著翅膀遊英國	桂文亞	民生報社	5月	25	252	
蓮花開	馮輝岳	國語日報社	5月	長：21.2 寬：19.5	57	
落鼻祖師	余遠炫	天衛圖書公司	5月	25	191	
草原上的打雷聲	鄭麗娥	皇冠文化出版公司	5月	25	158	
小龍的心情故事	溫小平	號角出版社	6月	新25	187	
空箱子	張之路	民生報社	6月	25	234	
旋風阿達	林世仁等	臺灣省教育廳	6月	16	370	

書名	作者（譯者）	出版社	出版日期	開數	頁數	備註
春天感冒了	李淑貞	皇冠文化出版公司	6月	25	162	
遺忘的咒語	徐玉青等	臺東師範學院	6月	25	206	
二年仔孫悟空	王淑芬	小兵出版社	6月	長：19.5 寬：20.6	160	
紅葫蘆	曹文軒	民生報社	7月	25	274	
山羊不吃天堂草（上）（下）	曹文軒	民生報社	7月	25	268 205	
九歌兒童書房（第十六集） 　重返家園 　少年曹丕 　安妮的天空‧安妮的夢 　家有小丑	陳曙光 陳素燕 胡音英 秦文君	九歌出版社	7月	25	155 134 131 135	
糊塗爸爸	紫楓	富春文化事業公司	7月	25	170	
偷夢的妖精	劉興詩	天衛文化圖書公司	8月	25	167	
辛巴達太空浪遊記	劉興詩	天衛文化圖書公司	8月	25	209	
櫻桃城	黃一輝	天衛文化圖書公司	8月	25	159	
再見金門	陳啟淦	天衛文化圖書公司	8月	25	191	
天才與白癡	曹若梅	國語日報社	8月	25	200	
月亮的歌	徐煥雲	國語日報社	8月	長：21.2 寬：19.1	61	
見晴山	李潼	國語日報社	8月	25	218	

書名	作者（譯者）	出版社	出版日期	開數	頁數	備註
大家來學 ABC	林淑美	國語日報社	8月	長：21.2 寬：19.1	53	
少年青春嶺	李潼	幼獅文化事業公司	8月	25	183	
綠綠公主	王淑芬	天衛文化圖書公司	9月	25	200	
狼王夢	沈石溪	聯經出版事業公司	9月	25	278	
懲罰	張之路	民生報社	9月	25	280	
了凡叔叔說故事	吳明翰改編	和裕出版社	9月	長：21 寬：19.5	141	
少年鄭成功（上）（下）	徐翔	漢光文化公司	9月	25	207 218	
讀歷史話英雄（上）（下）	馬允倫	國語日報社	9月	25	210 197	
唸唸兒歌認認字	謝武彰	東華書局	9月	長：25.5 寬：26.5	136	
爸爸菸城歷險記	彭懿	天衛文化圖書公司	10月	25	149	
臺灣小兵造飛機	周姚萍	天衛文化圖書公司	10月	25	208	
人生禮物	林煥彰	國際少年村出版社	10月	新25	189	
第七條獵狗	沈石溪	民生報社	10月	25	304	
誰是老狐狸	李春霞	國語日報社	10月	25	180	
魯也出國啦	莫等卿	富春文化事業公司	11月	25	115	

書名	作者（譯者）	出版社	出版日期	開數	頁數	備註
醉猩猩	杜白	幼獅文化事業公司	11月	25	254	
和小星說童話	駱以軍	皇冠文化出版公司	11月	25	167	
我的鬼弟弟	陳璐茜	皇冠文化出版公司	11月	25	154	
懶豬村裏的勤勞豬	曾陽晴	皇冠文化出版公司	11月	25	148	
帶往火星的貓	黃海	皇冠文化出版公司	11月	25	175	
奇奇鎮的怪事	張如鈞	皇冠文化出版公司	11月	25	150	
包公趕驢	魯兵	民生報社	11月	25	233	
奶奶的傻瓜相機	林海音	民生報社	11月	25	269	
給我海闊天空	張昆華	民生報社	11月	新25	215	
狗洞	魯兵	民生報社	11月	25	227	
心中的信	陳木城	國語日報社	11月	長：21.2 寬：19.1	58	
智慧的花朵	楊雅惠	國語日報社	11月	25	208	
幼學瓊林的故事	李炳傑	國語日報社	11月	25	294	
閃電貓斑斑	藍逸康	新苗文化公司	12月	25	209	
肉包與鱷魚	王淑芳	新苗文化公司	12月	25	172	
少女的紅髮卡	程瑋	國際少年村出版社	12月	24	253	
埋在雪下的小屋	曹文軒	國際少年村出版社	12月	24	317	
恐龍醜八怪	金逸銘	天衛文化出版社	12月	24	171	

一九九三年度補遺

書名	作者（譯者）	出版社	出版日期	開數	頁數	備註
圖表作文教學對國小學生語文能力、創造力及作文焦慮之影響	夏婉雲、蔡淑桂	臺北市教師研習中心	6月	16	59	
國民小學國語科教材教法研究第三輯	臺灣省國民教師研習會	臺灣省國民教師研習會	10月	16	101	
三百字的故事（上、中、下）	王玉川主編	國語日報社	7月	24	243 222 232	
澎湖奇航記	邱承宗	紅蕃茄文化公司	8月	24	227	
地球闖入者	劉台痕	紅蕃茄文化公司	10月	24	194	
作文百科全書（共八冊）　作文實用辭典　作文基礎訓練　作文語段辭典　作文方法大全　作文常見疾病　成語分類辭典（一）　成語分類辭典（二）　作文應試技巧	總編輯：鄧海翔	人類文化公司	9月	16	623 590 610 523 655 579 583 607	

一九九五年度兒童文學書目

八 十 四 學 年 度
國立臺東師範學院語文教育學系主編

回顧一九九五年的兒童圖書出版，有下列現象值得我們注意：

一、兒童圖畫書走上國際市場。

二、大陸兒童圖書仍不斷湧入。其中年度的套書當首推：故鄉出版社印行的鄭淵潔《現代童話名作精選》十二冊（開數為17×23）、《趣味故事名作精選》十二冊（開數同上）。

三、本土兒童圖書製作漸趨精良，尤其是本土兒童自然書籍的內容，活潑而有系統的簡介，已經接近滿分。

四、電子書開始搶攻兒童圖書市場。

五、兒童文學徵文獎等活動依然熱絡。以本校臺東師範學院而言，即有由教育部與環境中心主辦的「自然、環保文學徵文」活動，其中有童話、童詩兩項。

透過「社區」與「讀書會」的耕耘，兒童圖書逐漸受到重視與肯定。而參與和關心的人也愈來愈多。只是有時似乎仍有許多疑問，到底我們的批評與評審的立足點何在？

總體而論，一九九五年的兒童圖書成績是可觀的。雖然套書依舊是臺灣兒童圖書主場的主力。出版社的經營和策劃無不針對這個市場的需求，進行下一波大型計劃。單本創作不僅顯得力不從心；連帶的波及到本土的創作。國內創作人才不多，這種持續多年的窘境依然未改善。

東方出版社在光復節前夕，傳出終止「編輯部」。對建立本土文化是一大嘲諷。有心為下一代做自己的書，本土文化工作竟如此沒有尊嚴！我們稱許引進外版書，但是我們更關心自製的兒童圖書。關懷本土，現在才要開始；關於這塊土地的傳說、人文地方特色的書籍，也是現在才要開始，童書自製是代表著一種關懷與良心。

如果我們本土童書能增多，如果我們文學類本土童書能更多，那會是更燦爛更可觀的一年。對文學類本土童書的出版，我們懷有無比

的謝意與關心。尤其是文學類套書能單本零售，更是便民不少。其中可單本零售的套書有：

《中國古代傳奇故事精選》（二十四開，計十冊）　胡爺爺講著　青少文化公司

《故事版資治通鑑》（二十四開，計二十冊）　天衛文化公司

《時報全語文經典大史詩》（二十四開，計二十冊）　時報文化公司

《孫越叔叔說故事》（二十四開，計十冊）　徐忠華主編　金菠蘿文化公司

　　由於個人對文學類與創作的執著，因此以上的分析係以文學類為主（中華兒童叢書暫時未收錄）；且由於個人能力有限，幼兒文學仍未能兼顧。

一九九五年兒童文學論述書目

書名	作者	出版社	出版日期	開數	頁數	備註
世界童話史	韋葦	天衛文化公司	1月	24	424	
新詩的呼喚	吳當	國語日報社	1月	24	305	
兒童詩歌研究	林文寶	銓民國際公司	2月	24	219	
瓶頸與突破──兒童少年文學觀念論集	林政華	富春文化事業公司	2月	24	236	
小小劇場	黃美滿等編著	豐泰文教基金會	3月	24	47	

書名	作者	出版社	出版日期	開數	頁數	備註
（1992-1993）幼兒好書書目	高明美等編輯	信誼基金會	3月	長20寬18.5	66	
一九九四年優良少年兒童讀物指南	林麗娟主編	中華民兒童文學學會	3月	長25.5寬12.5	139	
歷代啟蒙教材初探	林文寶	臺東師院語教系	4月	24	247	
兒童文學的理論與創作	謝新福	四維國小	4月	24	113	
幼兒故事學	何三本	五南圖書出版公司	4月	24	491	
兒童詩寫作研究	陳正治	五南圖書出版公司	5月	24	412	
明代童謠的賞析與研究	龔顯宗	富春文化事業公司	5月	24	156	
閱讀與詮釋之間——少年兒童文學論集	張子樟	花蓮縣文化中心	6月	24	176	
「知識寶庫」廣播節目兒童文學系列專業	推廣輔導組編印	國立中央圖書館臺灣分館	9月	24	163	
兒童的故事畫指導	鄭明進編著	世界文物出版社	9月	24	201	
幸福的種子——親子共讀圖畫書	松居直著劉滌昭譯鄭明進審訂	台灣英文雜誌社	10月	24	182	
臺灣地區科學兒童讀物調查報告（1985-1994）	陳美智	漢美圖書	10月	24	142	

書名	作者	出版社	出版日期	開數	頁數	備註
兒童詩歌論集	林文寶	富春文化事業公司	11月	24	385	
經濟騰飛為兒童文學帶來什麼？	桂文亞等	中國海峽兩岸兒童文學學會	12月	15.5×25.5		
認識幼兒讀物	張湘君主編	天衛文化公司	12月	24	181	
幼兒文學——在文學中成長	Walter Sawyer, Diana E. Comer 著，墨高君譯、吳幸玲校閱	揚智文化	12月	23×17	302	版權頁標示1996年元月

一九九五年兒童文學語文書目

書名	作者	出版社	出版日期	開數	頁數	備註
趣味語文廣場	賴慶雄	國語日報社	2月	24	168	
八十三年兒童語文教材創作專輯一		中華民國教材研究發展學會	2月	16	303	
詞語由來趣談	顧興義	國語日報社	4月	24	157	
第一屆小學語文課程教材教法國際學術研討會論文集	臺東師院編	臺東師院	4月	16	879	
千字文今解	喬衍琯	臺灣新生報	4月	24	235	
圖解作文教學法	黃基博	國語日報社	5月	24	106	新版
文字小拼盤	夏婉雲、談衛那等	新苗文化公司	5月	24	166	

書名	作者	出版社	出版日期	開數	頁數	備註
第一屆臺灣區國語文教學學術研討會論文集	高師大國文系編	高師大國文系	5月	16	153	國小組
童詩萬花筒	趙天儀編	民聖文化公司	6月	24	170	
童詩開獎	葉日松編	民聖文化公司	6月	24	202	
兩岸暨港新中小學國語文教學國際學術研討會論文集	臺灣師大國文系等編	臺灣師大國文系、中等教育輔導委員會	6月	24	683	
兒童閱讀文選（基礎篇）	江煜坤編著	國語日報社	6月	24	209	
兒童閱讀文選（中級篇）	江煜坤編著	國語日報社	6月	24	210	
兒童閱讀文選（高級篇）	江煜坤編著	國語日報社	6月	24	221	
親愛的，我把童詩變作文了	蔡榮勇編	民聖文化公司	7月	24	191	
幼兒詩詞教案設計	楊倩華、賴雅莉、黃淑蓉等編	新苗文化公司	7月	24	150	
童詩寫作導航	柯錦鋒編著	民聖文化公司	8月	24	223	
名家教你朗讀	林威威著	國語日報社	9月	24	179	
正音指南（上）	賴慶雄編著	國語日報社	10月	24	228	
正音指南（下）	賴慶雄編著	國語日報社	10月	24	224	
開啟童詩的鑰匙	江連君編著	民聖文化公司	10月	24	253	
深意的捕捉	陳智弘	國語日報社	12月	24	80	
技法的琢磨	陳智弘	國語日報社	12月	24	80	
含苞的詩蕾（上）	黃基博	國語日報社	12月	24	151	
含苞的詩蕾（下）	黃基博	國語日報社	12月	24	166	

一九九五年兒童文學創作書目

書名	作者	出版社	出版日期	開數	頁數	備註
今日寓言	李奕定	臺灣商務印書館	1月	新25	225	新版
霧中山傳奇	劉興詩	小魯文化事業公司	1月	24	169	
小龍的週記	溫小平	一葦國際公司出版部	1月	24	230	新修版
娃娃的眼睛	方素珍	國語日報出版部	1月	長19.5寬21.5	50	新版
童言	江洽榮	國語日報出版部	1月	長19.5寬21.5	61	同上
水溝裡的大肚魚	鄭文山	國語日報出版部	1月	長19.5寬21.5	59	同上
賞月童謠	徐煥雲	國語日報出版部	1月	24	118	同上
長頸鹿整型記	康逸藍	建新書局	1月	24	161	
聰明的傻瓜蛋	方崇智	建新書局	1月	24	111	
仙境拾寶	方崇智	建新書局	1月	24	115	
磨性兄弟	方崇智	建新書局	1月	24	172	
帖之謎	張成新	天衛文化公司	1月	24	224	
樹哥哥和花妹妹（上、下）	林少雯	大地出版社	1月	24	（上）207（下）173	
豐子愷童話集	林文寶編	洪範書局	2月	24	225	
飛翔的恐龍蛋	馮傑	九歌出版社	2月	24	180	九歌兒童書房66
飛奔吧！黃耳朵	屠佳	九歌出版社	2月	24	166	同上67

書名	作者	出版社	出版日期	開數	頁數	備註
回家	趙映雲	九歌出版社	2月	24	174	同上68
臺灣地名的故事	馬柔森	臺原出版社	2月	16	125	
晉晉的四年仁班	蔡宜容	建新書局	3月	24	238	
小野豬的玫瑰花	王家珍	民生報社	3月	長17.5 寬21	114	
小豬唏哩呼嚕	孫幼軍	民生報社	3月	長17.5 寬21	258	
紫喇叭	吳燈山	文經出版社	3月	24	159	
人魚公主的婚禮	西沙	躍昇文化公司	3月	32	95	
大戰金媽媽	如蘭改寫	建新書局	3月	24	93	
山羊巫師的魔藥	王家珍	民生報社	4月	長17.5 寬21	120	
月亮有眼睛	林政華	瑞成書局	4月	24	119	
波波寶貝	唐土兒	小兵出版社	4月	長19.5 寬20.5	163	
老巫茶館	李淑真	天衛文化公司	4月	24	234	
瘋狂的石頭鄉	李淑真	業強出版社	4月	新25	133	
小泰山日記	吳金葉	國語日報社	4月	24	218	
奇幻溫泉	管家琪	民生報社	4月	長17.5 寬21	160	
寂寞安安和他的朋友們——第二屆師院生兒童文學創作獎作品集	劉怡瑩等	東師語教系	5月	24	266	
童話節	武玉桂	天衛文化公司	5月	24	174	
哼哈二將	周銳	民生報社	5月	長17.5 寬21	126	

書名	作者	出版社	出版日期	開數	頁數	備註
野孩子的春天	李淑真	平氏出版社	5月	新25	254	
黑色的臉	管家琪	平氏出版社	5月	24	135	
魔蛋	孫晴峰	平氏出版社	5月	24	179	
十四歲的森林	董宏猷	國際少年村出版社	6月	24	508	
沖天炮大使——臺灣省第八屆兒童文學創作獎專輯	張淑美等	臺灣省教育廳	6月	16	375	
從前從前有一條龍	余遠炫	平氏出版社	6月	24	171	
國王郊遊去	黃瑋琳	臺灣縣文化中心	6月	24	176	
吃煩惱的巫婆	陳瑞璧	彰化縣文化中心	6月	24	287	
大石頭的胳肢窩	賴曉珍	民生報社	7月	長17.5 寬21	141	
尋找北京人	管家琪	平氏出版社	7月	新25	197	
歡樂綠森林	吳燈山	天衛文化公司	7月	24	163	
童話河裡的魚	黃文進	高雄文化基金會補助出補	8月	24	111	
珍珠奶茶的誘惑	管家琪	幼獅文化事業公司	8月	24	199	
九歌兒童書房（第十八集） 　69老蕃王與小頭目 　70天才不老媽 　71奔向閃亮的日子	張淑美 陳素宜 趙映雲	九歌出版社	9月	24	148 153 142	以上四書亦即是九歌「第三屆現代兒童文學」得獎作品集

書名	作者	出版社	出版日期	開數	頁數	備註
72十三歲的深秋	黃虹堅				157	
金色童年	白寶貴	天衛文化公司	9月	24	239	
大漠藍虎	鹿子	天衛文化公司	9月	24	367	
梨子提琴	冰波	民生報社	9月	24	226	
躲在樹上的雨	張秋生	天衛文化公司	9月	24	183	
金海螺小屋	金波	天衛文化公司	9月	24	203	
十四個窗口	林世仁	天衛文化公司	9月	24	194	
親愛的歐莎娜	陳素燕	幼獅文化事業公司	9月	24	183	
家教情人夢	管家琪	幼獅文化事業公司	9月	24	185	
山上的孩子	李淑真	業強出版社	9月	新25	132	
魔衣	南天	業強出版社	9月	新25	186	
有骨氣的臺灣囝仔——阿喜	嶺月	九歌出版社	10月	新25	204	
再見外婆灣	鄭如晴	小兵出版社	10月	19.5×20.5	163	
采石大戰	戎林	天衛文化公司	10月	24	256	
海角赤子情	夏祖麗	民生報社	10月	24	185	
雨天裡有一隻貓	李淑真	平氏出版公司	10月	24	159	
多生與多莉	李美玲	平氏出版公司	11月	24	198	
保母蟒	沈石溪	民生報社	11月	24	155	
再被狐狸騙一次	沈石溪	民生報社	11月	24	165	
五百字故事	馬允倫	國語日報社	11月	24	309	
寶貝在說話	游乾桂	國際少年村	12月	24	236	
穿紅襪的噴火龍	黃漢耀	文經出版社	12月	24	156	

一九九六年度兒童文學書目

第十期

國立臺東師範學院語文教育學系主編

　　後現代正式在臺灣地區登場，是以一九九六年在各方面都顯得非常弔詭，也因弔詭而有書香浮動。由台視「人與書的對話」製作單位主辦的「一九九六年十大讀書新聞結果發表會」，於一九九六年十二月十五日下午在力霸飯店舉行，節目製作兼主持人、新評會秘書長賴國洲，在會中說明舉辦這次活動的目的與意義，是在回顧一九九六年臺灣書香社會的脈動。所謂十則新聞並沒有排序。十大讀書新聞包括：

　　一、行政院新聞局自十二月十五日起，推行第二屆「讀書月」
　　　　活動。
　　二、電子書潮流衝擊出版界，電腦相關書籍專賣店紛紛成立。
　　三、「誠品閱讀」、「雄師美術」、「島嶼邊緣」等人文藝術雜誌
　　　　相繼停刊。
　　四、麥田、格林文化、貓頭鷹出版社合組成城邦集團。
　　五、中盤商嘉興書報社跳票，是近十年國內出版界金額最大、
　　　　波及業界最多的一次倒帳。
　　六、不是作家的公眾人物出書。
　　七、同性戀雜誌創刊，同志書自成一類，備受矚目。
　　八、第一本華臺語對照辭典出版、臺語世界雜誌創刊、臺語漢
　　　　字版聖經推出後，供不應求。
　　九、自然生態著作愈來愈多，環保書類出版者默默耕耘。
　　十、命理書、靈修書大量進駐書市。
　　（見《中央日報》1996年12月16日〈文教〉版）

　　一九九六年十二月二十六日《中國時報》〈開卷〉〈回顧九六年今年出版界十大重要事件〉：

一、臺北國際書展規模創紀錄。

二、《雄師美術》等文化刊物喊停。

三、外國雜誌來勢洶洶。

四、同志書籍、雜誌受矚目。

五、中盤商嘉興跳票。

六、城邦出版集團成立。

七、網路文學、網路書店成形。

八、臺灣研究出土新史料。

九、口水書引發爭議。

十、文學出版與獎項振衰起敝。

當然，兩大報仍有年度最佳童書獎的活動。《聯合報》〈讀書人〉一九九六年最佳書獎童書類如下：

圖書類：

《阿公的八角風箏》　馮岳輝文　曹俊彥圖　民生報

《目擊者叢書：科學博物館》　史提夫・波洛克等著　劉光政等譯　英文漢聲

《安徒生大獎傑作選》（第一輯）　阿絲特麗・林格倫等著　張定綺等譯　時報

《小小自然觀察家》　洪立三著　辰星

《臺灣歷史故事》　王淑芬等文　張振松等圖　聯經

繪本類：

《黑與白》　大衛・麥考利文圖　孫晴峰譯　上誼

《恐龍王國歷險記》　艾・傑・伍德文　韋恩・安德森圖　鄭榮珍譯　上誼

《眼睛的旅行》　宋珮等著　江宏光等攝影　林芬名圖　東華

《第一次藝術大發現》　湯尼・洛斯等著　林達譯　青林

《祝你生日快樂》　方素珍　仉桂芳圖　國語日報社

（見1996年12月23日《聯合報》〈讀書人〉版）

至於，《中國時報》〈開卷〉版一九九六年度最佳童書則是：

書名	作者（譯者）	出版社	適讀年齡
小燕鷗之愛	黃朝洲文・攝影	牛罵頭文化協進會	國小以上
世界大企業家傳奇（四冊）	Peter Brooke-Ball, David Bond, David Marshall 著，陳燕珍等譯	時報文化出版公司	國小中、高年級，國中
我一個人去布拉格	Bohumil Riha-Heirs 著，林真美譯	遠流出版事業公司	學前、國小
威尼斯商人	Mary Lamb 文，Dusan Kallay 圖，蕭乾譯寫	格林文化事業公司	國小高年級、國中
哈利的花毛衣	Eugene Zion 文，Margaret Bloy Graham 圖，林真美譯	遠流出版事業公司	學前、國小
耶穌，你餓了嗎？	Jose Maria Sanchez-Silva 著，王安博譯	時報文化出版公司	國小中、高年級、國中
壺中的故事	安野雅一郎文，安野光雅圖，吳家怡譯	上誼文化公司	國小以上
新世紀學習百科	Neil Ardley, David Burnie & John Farndon 著，貓頭鷹出版社編輯小組譯	貓頭鷹出版社	國小高年級，國、高中
鐵馬	王蘭文，張哲銘圖	國語日報社	國小以上

（見1996年12月26日《中國時報》〈開卷〉版）

其間相同者僅有一本，有夠弔詭與後現代。在這一年裡，有廣電基金監製，前衛傳播公司製作的「動筆寫童心」的公共電視節目（台視頻道播出）。同時，並有文章於《國語日報》刊登，標題是〈作家會客室・動筆寫童心〉，共計介紹十三位兒童文學創作者。又新聞局優良中小學生課外讀物清冊有了全新的面貌，並有〈小太陽獎〉活動；又「中華民國兒童文學學會」也到了改選理監事的時候，將是第五屆的到來，會是另種的開始；又弔詭的後現代也湧入了臺灣兒童文學市場，在論述類中就有許多顛覆性的書寫，重新開拓兒童文學的領域，再加上電子書推波，兒童文學似有破繭之姿，走出更開放性的領域。

　　然而，對兒童文學而言，真正的大事或許該是：臺東師範學院奉准籌設兒童文學研究所，並預定一九九七年五月招生入學大事。這件事在報刊披露後，成為國內兒童文學界關注的焦點，並有不少專家學者發表文章，表示嘉許，或提建言。個人身為籌備處召集人，亦頗與有榮焉之感受。有關兒童文學所籌設一事，我們是把它當作兒童文學界的大事來辦。

　　其間除了問卷與透過傳播媒體歡迎建言外，並於臺北市（11月30日下午2時30分至4時30分，假國語日報社五樓）、高雄市（12月14日下午2時30分至4時30分，假七賢國小），各舉辦一場座談會，實地聽取專家學者及各方關心人士的建議。舉凡有關兒童文學研究所入學資格、考試科目、開設課程、師資聘請、發展走向、及如何與國內外兒童文學界互動等等……皆可在現場提供建言。個人誠惶誠恐，仍有待同好與社會大眾的支持與鼓勵。

一九九六年兒童文學創作書目

書名	作者	出版社	出版日期	開數	頁數	備註
英雄國	秦文君	時報出版公司	1月	24	207	大史詩之16
野地的花──小雪的故事	溫小平	一葦國際公司出版部	1月	24	167	計分四，每冊頁數皆同
山野稚子情	余存先	小兵出版社	1月	19.5×20.5	161	
火金姑來照路	陳啟淦	文經出版社	2月	24	159	
九歌兒童書房（第十九集） 　阿雄與小敏 　一道打球去 　隱形恐龍蛋 　小掌故大啟示	俞金鳳 李安民 張永琛 應平書	九歌出版社	2月	24	143 142 156 155	
吃爺	葛冰	民生報社	2月	242	20	
逃學狗	馮輝岳	紅蕃茄公司	2月	16	39	
火焰蟲	馮輝岳	紅蕃茄公司	2月	16	39	以上兩書為客家童謠
蠻帆	周銳	國語日報社	3月	24	75	此六冊是首屆「國語日報社兒童文學牧笛獎」童話類得獎作品
入侵紫蝶谷	陳素宜					
放狼的孩子	劉燕珝					
動物語言翻譯機	杜紫楓					
天羅與地網	呂玖芳					
神祕森林的神神祕祕事件	林淑芬					
我們一起的童年		花蓮縣文化中心	3月	24	167	
阿公的八角風箏	馮輝岳	民生報社	4月	24	220	

書名	作者	出版社	出版日期	開數	頁數	備註
小城之夏	周姚萍	天衛文化公司	4月	24	240	
拔河馬比賽	張秋生	天衛文化公司	4月	24	248	
小白鴿	馬景賢	天衛文化公司	4月	24	216	
馬雅探險手記	陳佩周	民生報社	5月	24	316	
小玩家大陸行	陳梅英	高雄市文化中心	5月	24	141	
天空破了一個洞	徐傳倫等	臺東師院語教系	5月	24	260	第三屆師院生兒童文學創作獎作品集
將軍和跳蚤	樊發稼	民生報社	5月	24	203	
三字經裡的故事	李炳傑	國語日報社	5月	24	245	
親愛的小耳朵	林少雯	文經出版社	5月	24	188	
怕養樹	吳燈山	文經出版社	5月	24	155	
閻王不要的小子	劉台痕	健行文化出版社	6月	新25	172	
一九九五水鴨旅行	陳正恩等	省教育廳社	6月	16	264	臺灣省第九屆兒童文學創作專輯
臺灣歷史故事： (1)原住民與鄭氏王朝時代 (2)披荊斬棘的時代 (3)開拓發展的時代 (4)外力衝擊的時代 (5)日本統治的時代	王淑芬 張淑美 鄒敦怜 洪志明 周姚萍	聯經出版事業公司	6月	24	190 173 181 172 190	
片片楓葉情	紫楓	大海洋詩刊雜誌社	6月	24	107	卷二為〈童詩〉，頁53-107

書名	作者	出版社	出版日期	開數	頁數	備註
名家兒童散文精選	蘇國書主編	國語日報社	6月	24	167	
林良的散文	林良	國語日報社	6月	24	146	
開心女孩	秦文君	民生報社	6月	24	254	
九歌兒童書集（第二十集）： 　兩本日記 　「阿高斯失蹤之謎」 　冬天裡的童話 　永遠的小孩	莫劍蘭 盧振中 馮傑 黃淑美	九歌出版社	7月	24	188 147 151 155	
小辮子精靈	張秋生	文經出版社	7月	24	159	
少年	曹文軒	民生報社	7月	24	217	
二郎橋那個野丫頭	桂文亞	民生報社	7月	24	270	
第三代青春痘	小野	麥田出版公司公司	7月	新25	219	
無花城的春天	張水金	國語日報	7月	21×29	149	新版
想躺下來的不倒翁	管家琪	國語日報	7月	21×29	168	
誰是機器人	黃海	國語日報	7月	21×29	205	
小熊貓開廳	鄧小秋	國語日報	7月	21×29	184	
我的小馬	吳然	民生報社	8月	24	265	
太陽鳥	喬傳藻	民生報社	8月	24	234	
美麗的圓——李遠哲的故事	小野	遠哲教育基金會	8月	21.5×21.5	93	
野孩子	大頭春	聯合文學出版社	9月	24	215	
怪物童話	張嘉驊	民生報社	9月	24	221	

書名	作者	出版社	出版日期	開數	頁數	備註
番薯變大了	李坤宗	金橋出版社	6月	24	135	
天使請不要帶我走	李淑真	皇冠文化出版公司	8月	新25	190	
老師，下課了	王瑞琪	幼獅文化事業公司	9月	24	153	
同學，上課了	王瑞琪	幼獅文化事業公司	9月	24	163	
豬老闆開店	常瑞	文經出版公司	9月	菊16開	141	
妖怪森林	劉思源	民生報社	9月	24	220	
少年阿田恩仇記	羅青	民生報社	9月	24	168	
搶劫童話的強盜	吳燈山	文經出版社	11月	24	159	
糊塗大頭鬼	管家琪	亞太經網公司	11月	24	199	
蘋果小人兒	金波	文經出版社	12月	24	127	

一九九六年兒童文學論述書目

書名	作者（譯者）	出版社	出版日期	開數	頁數	備註
幼兒文學	Walter Sawyer, Diana E. Comer 著／墨高君譯	揚智文化公司	1月	23×17	207	
一千零一夜——女人的新童話	姚若姍	碩人出版公司	2月	新25	181	
一九九五優良少年兒童讀物指南	曹正芳主編	中華民國兒童文學學會	3月	22.5×12.5	147	

書名	作者（譯者）	出版社	出版日期	開數	頁數	備註
同志童話	Peter Cashorali 著／景翔譯	開心陽光出版公司	5月	24	233	
臺灣童謠大家唸	馮輝岳	武陵出版社	5月	24	158	
兒童詩探究	杜淑貞	五南圖書出版公司	5月	24	650	
童詩創作園	邱雲忠主編	青少文化	5月	22.5×19.5	87	
詩和圖書的婚禮	顏福南、賴仲麗	民聖文化公司	5月	24	249	
全國兒童圖書目錄三編	閱覽組典藏組編輯	中央圖書館臺灣分館	6月	24	1305	
童話創作的原理與技巧	蔡尚志	五南圖書出版公司	6月	24	361	
童話 B. B Call	張月環編著	民聖文化公司	6月	24	218	
童詩凸透鏡	詹婷編著	民聖文化公司	6月	24	189	
大陸時期兒童文學	林煥彰、杜榮琛	文建會	6月	16	167	
童思・童詩	何元亨	項淵文化公司	6月	24	210	
楊喚與兒童文學	林文寶	萬卷樓圖書公司	7月	24	387	
誰喚醒了睡美人	伊林・費屆著／陳貞吟譯	世紀書房	7月	24	249	
童詩桃花源	江蓮君	民聖文化公司	7月	24	172	
個人成長寓言	米蘭坦・萊尼克原著／王介文譯	九儀出版社	7月	24	291	
這一路我們說散文	桂文亞主編	亞太經網公司	8月	24	143	
讀與寫她──桂文亞作品評論集	金波主編	亞太經網公司	8月	24	380	

書名	作者（譯者）	出版社	出版日期	開數	頁數	備註
桂文亞探論——走通散文藝術的兒童之道	班馬	亞太經網公司	8月	24	335	
兒童文學	林文寶等	五南圖書出版公司	9月	24	435	
超越英雄	Allan B. Chinen, M. D 著／陳芝鳳譯	新苗文化公司	9月	24	245	
拜訪童詩花園	杜榮琛	五洲出版社	9月	24	271	新版書
創作性戲劇原理與實作	張曉華	黎明文化事業公司	9月	24.5×17.5	440	
跟童話交朋友（上、下）	黃基博	國語日報社	1月	24	(上)361 (下)161	
認識少年小說	馬景賢主編	天衛文化公司	11月	24	243	
認識兒童讀物插畫	鄭明進等	天衛文化公司	11月	24	215	
醜女與野獸——女性主義顛覆書寫	Barbara G. Walker 著／薛興國譯	智庫出版社	12月	24	311	

一九九七年度兒童文學書目

　　兩大報每年年底都會有最佳童書的評選。其書目如下：

《中國時報》〈開卷版〉一九九七年度最佳童書：

書名	作者（譯者）	出版者
小黃瓜三明治驚異奇航	Peter Rowan 著，許琳英譯	遠哲科學教育基金會
地球寶盒	Ron Van der Meer & Ron Fisher 著，余珊珊等譯	迪茂國際出版公司
我家住在大海邊	林世仁文，李瑾倫圖	新學友書局
雨林探險	松岡達英著，張碧員譯	大樹文化公司
海烏姆村的鯉魚	Isaac Bashevis Singer 原著，Christophe Durual 繪圖，郝廣才譯寫	臺灣麥克公司
追追追	赤羽末吉文、圖	格林文化事業公司
媽媽上戲去	邱婷文，鄭淑芬圖	行政院文建會
遠古臺灣的故事	呂理政文，呂理政、夏麗芳圖	南天書局
請不要忘記那些孩子	Chana Byers Abells 著，林真美譯	遠流出版事業公司
曬棉被的那一天	連翠茉文，張振松圖	新學友書局

（見1998年元旦〈開卷版〉）

《聯合報》〈讀書人〉一九九七年最佳書獎童書類：

　　繪本類：

　　《逃家小兔》　瑪格麗特・布朗文　克雷門・赫德圖　黃迺毓
　　　譯　上誼

　　《我和我家附近的野狗們》　賴馬文、圖　信誼

　　《音樂萬歲》　掉毛貓咪們文、圖　吳倩怡譯　格林文化

《彩虹學習圖畫書系列》（三十五本）　劉宗慧等著　新學友

《獾的禮物》　蘇珊・巴蕾文、圖　林真美譯　遠流

讀物類：

《小四的煩惱》　王淑芬文　徐建國圖　小兵

《望遠鏡裡的精靈》　劉克襄文、圖　玉山社

《媽媽上戲去》　邱婷文　鄭淑芬圖　文建會

《來玩寫作的遊戲》（第二冊）　沈惠芳文　賴馬圖　國語日報

《貓頭鷹在家、蚱蜢旅遊記、大象舅舅》／阿諾・羅北兒文、
　　圖　楊茂秀譯　遠流

（見1998年1月5日〈讀書人〉版）

綜觀所謂最佳的童書，似乎要皆以圖畫書（或稱繪本）為主，我們果真進入遊戲與圖像的時代，兒童文學界似乎該有所省思。以下試說兒童文學界年度重大事件。

　　臺東師院成立「兒童文學研究所」，這是臺灣首次成立的兒童文學研究所，稱它為年度大事，自是無用置疑。以下依時間先後述之。

　　元月，「波隆那繪本插畫展」首次移師臺灣，展出八十餘位各國畫家二百五十幅繪本原畫，及三十位享譽世界名插畫家推出「祕密花園」特展。

　　為落實文化資產保存的札根工作，文建會與雄獅圖書公司合作出版《兒童文化資產叢書》，於兒童節正式發行。

　　三民書局於六月推出八本《小詩人系列》，這是八位成名詩人為兒童寫的童詩集。

　　因癌症去世的周大觀，為我們留下《我還有一隻腳》（國語日報版，四月）並有《大觀》一書的編輯（遠流版，六月）。又盲童王苪因入選臺北市公車詩文獎而受矚目，於是有《光明小天使——王苪的

創作世界》（文經出版社，七月）與《光明小天使——王芃的故事》（文經出版社，七月）兩書的出版。

　　日資在臺發行九年的《巧連智》月刊，於八月份改版，推出擁有三種分齡版的形態：小班的「快樂版」、中班的「成長版」、大班的「學習版」。

　　十一月，格林出版社與經營兒童網路的全高公司合併為全高格林公司。

　　十一月二日，中華民國兒童文學學會，首次舉辦《千歲宴》，其目的是為對年滿七十歲以上兒童文學工作者表達敬意。

　　台英社發行《精湛兒童之友》，化高價位繪本套書為月刊，且平價單冊出售。

一九九七年兒童文學創作書目

書名	作者	出版社	出版日期	開數	頁數	備註
大海螺它說	卜京	民生報社	1月	24	218	
一個哭出來的故事	張之路	民生報社	1月	24	234	
校長的溫馨故事	傅林統等	國語日報社	2月	24	177	
我從西藏高原來	畢淑敏	民生報社	2月	24	219	
寫給兒童的好散文	謝武彰編著	小魯文化事業公司	3月	24	191	
春天底下三條蟲	小野	麥田出版公司公司	3月	新25	185	
沒勁	班馬	民生報社	3月	24	248	
男生女生ㄅㄟㄟ	王淑芬	小兵出版社	3月	19.5×20.5	155	
太陽天使——黃乃輝	黃乃輝口述 林少雯整理	文經出版社	4月	24	191	

書名	作者	出版社	出版日期	開數	頁數	備註
怪怪書怪怪讀(1)	張嘉驊	文經出版社	4月	24	221	
地上的星星	郭心雲	黎明文化事業公司	4月	24	214	
阿貴的眼睛	郭心雲	黎明文化事業公司	4月	24	194	
老鼠吃掉千心秤	陳敬介	黎明文化事業公司	4月	24	156	
山洞會說話	陳敬介	黎明文化事業公司	4月	24	182	
阿輝正傳	周姚萍	小魯文化事業公司	4月	24	246	
戈爾登星球奇遇記	陳曙光	九歌出版社	4月	24	154	九歌兒童書房82
秀巒山上的金交椅	陳素宜	九歌出版社	4月	24	178	九歌兒童書房83
小子阿辛	木子	九歌出版社	4月	24	157	九歌兒童書房84
真情蘋果派	管家琪	幼獅文化事業公司	4月	24	179	
黃金鼠大逃亡	張淑美	文經出版社	4月	24	143	
媽媽樹	葉維廉文、陳璐茜圖	三民書局	4月	24×21	61	
螢火蟲	向明文、董心如圖	三民書局	4月	24×21	53	
稻草人	敻虹文、拉拉圖	三民書局	4月	24×21	59	
童話風	陳黎文、王蘭圖	三民書局	4月	24×21	63	

書名	作者	出版社	出版日期	開數	頁數	備註
雙胞胎月亮	蘇紹連文、藍珮禎圖	三民書局	4月	24×21	53	
妖怪的本事	白靈文、吳應堅圖	三民書局	4月	24×21	57	
魚和蝦的對話	張默文、董心如圖	三民書局	4月	24×21	53	
我的夢夢見我在夢中作夢	向陽文、陳璐茜圖	三民書局	4月	24×21	55	以上為小詩人系列
天吃星下凡	周銳	育昇文化公司	4月	24	160	
木偶人水手	郭風	育昇文化公司	4月	24	154	
九十九年煩惱和一年快樂	張秋生	育昇文化公司	4月	24	158	
氣功大師半撇鬚	彭懿	育昇文化公司	4月	24	166	
大空金字塔	葛冰	育昇文化公司	4月	24	172	
沒有鼻子的小狗	孫幼軍	育昇文化公司	4月	24	159	
皮皮逃學記	莊大偉	育昇文化公司	4月	24	155	
大樹王、大鳥王和大蟲王	李仁曉	育昇文化公司	4月	24	160	
火龍	冰波	育昇文化公司	4月	24	158	
壞蛋打氣筒	武玉桂	育昇文化公司	4月	24	160	以上十冊合稱為《大陸金獎文學精選》
成功的小勇士	蕭奇元	富春文化事業公司	5月	24	199	
我是白癡	王淑芬	民生報社	5月	24	222	
杜鵑花	楊智豪等	屏東師院語教	5月	24	260	第四屆師

書名	作者	出版社	出版日期	開數	頁數	備註
		系				院生兒童文學創作獎作品集
99棵人樹	康逸藍	漢藝色研文化公司	5月	24	133	
一色畫	晴美	臺中市立文化中心	5月	24	243	臺中市籍作品作品集(54)
徐士欽童詩集	陳昌明編校	臺南市立文化中心	5月	24	313	
阿古登巴的故事	陳慶英	蒙藏委員會	6月	24	95	蒙藏兒童民間故事叢書
江格爾	史習成	蒙藏委員會	6月	24	95	蒙藏兒童民間故事叢書
成吉思汗的故事	支水文	蒙藏委員會	6月	24	95	蒙藏兒童民間故事叢書
李遠哲	李倩萍	聯經出版事業公司	6月	24	179	
施振榮	陳啟明	聯經出版事業公司	6月	24	158	
證嚴法師	吳燈山	聯經出版事業公司	6月	24	177	
貝聿銘	管家琪	聯經出版事業公司	6月	24	156	
馬友友	王淑芬	聯經出版事業公司	6月	24	156	以上是《成功者

書名	作者	出版社	出版日期	開數	頁數	備註
						的故事》第一批全套五冊
排灣族神話故事	陳枝烈	屏東縣立文化中心	6月	24	198	
獨角大仙	孫迎	民生報社	6月	24	225	
石縫裡的信	蔡宜容	小兵出版社	6月	19.5×20.5	166	
過山蝦要回家	毛威麟等	臺灣書店	6月	19.5×20.5	286	臺灣省第十屆兒童文學創作獎專輯
美麗的肥料	主編：魏桂洲、洪志明	臺中市政府	6月	24	199	臺中市教師兒童文學創作專輯
臺灣童謠選編專輯	林金田主編	臺灣省文獻會	6月	16	216	
光明小天使——王芃的故事	高錚口述、黃羿瓅執筆	文經出版社	7月	24	173	
蝗蟲一族——趣味昆蟲童話	張嘉驊著	民生報社	7月	24	218	
童年的我‧少年的我	何紫	小魯文化事業公司	7月	24	206	
林良的看圖說話	林良	國語日報社	7月	20.5×18.5	107	
小王子與阿文	潘文良	頂淵文化公司	7月	24	173+257	另有附錄，不計
愛神邱比特的新娘	陳啟淦	文經出版社	8月	24	142	
成丁禮	沈石溪	民生報社	8月	24	211	
小鸚鵡	劉玉琛	富春文化事業公司	8月	24	158	

書名	作者	出版社	出版日期	開數	頁數	備註
古域探奇——找到古淡水	彭增龍	富春文化事業公司	8月	24	151	
一年二班小警察	余遠炫	皇冠文化出版公司	9月	24	175	
救命啊！警察先生	余遠炫	皇冠文化出版公司	9月	24	173	
119！急先鋒	余遠炫	皇冠文化出版公司	9月	24	183	
執金吾的故事	余遠炫	皇冠文化出版公司	9月	24	175	以上四冊合稱為《余遠炫警察故事》
紅紅罌粟花——兒童版鴉片戰爭	戒林	小魯文化事業公司	9月	24	24	
狼妻	沈石溪	國語日報社	9月	24	231	
皇帝的艦隊	洪中周	布穀鳥語文中心	9月	24	175	新版
寓言三百篇（上、中、下）	何海鷗、孫黎編	風車圖書出版公司	9月	24	各冊皆為239	
女孩子城來了大盜賊	彭懿	天衛文化公司	10月	24	149	
七個小精靈	吳燈山	文經出版社	10月	24	155	
牧羊犬阿甲	沈石溪	光復書局	10月	24	235	
愛情鳥	沈石溪	光復書局	10月	24	229	
小四的煩惱	王淑芬	小兵出版社	9月	19.5×20.5	160	
比爾‧蓋茲的少年時光	管家琪	文經出版社	9月	24	205	

書名	作者	出版社	出版日期	開數	頁數	備註
藍藍的天上白雲飄	屠佳	九歌出版社	9月	24	162	
第三種選擇	陳素宜	九歌出版社	9月	24	190	
LOVE	趙映雲	九歌出版社	9月	24	173	
紅帽子西西	林小晴	九歌出版社	9月	24	177	以上四冊為九歌兒童書房第22集。亦即是第五屆現代兒童文學得獎作品。
小班頭的心情故事	柯錦鋒	小魯文化事業公司	9月	24	210	
蔚藍的太平洋日記	李潼	民生報社	10月	24	273	
最愛 story	孫小英主編	幼獅文化事業公司	10月	24	158	
第5代青春痘	小野	麥田出版公司公司	11月	新25	193	
怪怪書怪怪讀（2）	張嘉驊	文經出版社	11月	24	203	
洪荒少年	朱效文	小魯文化事業公司	11月	24	221	
頑皮太子到臺灣	吳明錦	文經出版社	11月	24	175	
摩登烏龍怪鎮	賴曉珍	民生報社	11月	24	190	
不想被噓的童話故事	陳月文	富春文化事業公司	11月	24	175	
不怕鬼的書生	鄒敦怜	小兵出版社	12月	19.5×20.5	160	
星星樹	洪志明	國語日報社	12月	20.5×18.5	65	
三角地	曹文軒	民生報社	12月	24	286	

書名	作者	出版社	出版日期	開數	頁數	備註
誰是老大	龐德	聯合文學出版社	12月	20×21	161	
五線譜先生	葛競	民生報社	12月	24	228	
複製瞌睡羊	管家琪	民生報社	12月	24	212	
影子人	金波	民生報社	12月	24	204	
11個小紅帽	林世仁	民生報社	12月	24	181	
生死平衡	王晉康	小魯文化事業公司	12月	24	251	

一九九七年兒童文學論述書目

書名	作者（譯者）	出版社	出版日期	開數	頁數	備註
兒童文學與教育學術研討會論文集	東師語教系編	臺東師院語教系	3月	24	159	
不是兒歌——鄧志浩談兒童戲	鄧志浩口述，王鴻佑執筆	張老師文化公司	3月	24	230	
歷代啟蒙教材初探	林文寶	萬卷樓圖書公司	4月	24	249	新版
兒童少年文學與研究精選	林政華	文史哲出版社	4月	24	194	
少年小說寫作論	張清榮	供學出版社	4月	16	304	
第四屆師院生兒童文學創作獎發表會暨學術研討會手冊	陸又新等	屏師語教系	5月	16	103	其中頁27-93為研討會論文
玩兒遊戲說故事	陳月文	國語日報社	5月	24	122	
故事媽媽寶典	陳月文	天衛文化公司	5月	24	185	

書名	作者（譯者）	出版社	出版日期	開數	頁數	備註
神話故事	李查・辛普金森、安・辛普金森編賴惠辛譯	雅音出版公司	5月	24	223	
白雪公主的復仇	梁瀨光世著，呂紹鳳譯	尖端出版公司	6月	32	202	
故事與討論	趙鏡中譯寫	臺灣省國民學校教師研習會	6月	20.5×19	180	
金魚之舞——認識兒童文學作家與作品	桂文亞	民生報社	6月	24	290	
林老師說故事工作手冊		臺北市立圖書館	6月	24	94	
電子童書小論叢	洪文瓊	東師語教系	6月	24	158	
臺灣兒童少年文學	林政華	世一文化公司	7月	24	225	
行政院新聞局第十五次推介中小學生優良課外課物暨第二屆小太陽獎得獎作品	主編：王麗婉等	行政院新聞局	7月	16	143	
兒語三百則與理論研究	林文寶、林政華編著	駱駝出版社	7月	24	202	新版
魏晉南北朝童謠研析	龔顯宗	國語日報社	9月	24	254	
一所研究所的成立	東師兒文所編	臺東師院	10月	24	220	

補遺

兒童文學創作書目

書名	作者	出版社	出版日期	開數	頁數	備註
老師的童年	李坤宗	金橋出版社	1993年1月	24	135	
電線桿裡的貓	詹國榮	桃園縣立文化中心	1993年6月	24	149	
豆滕會寫字	劉正盛	彰化縣立文化中心	1994年6月	24	263	
眨眼的星期	魏桂洲	臺中市政府	1994年6月	24	185	
希望鳥	馮喜秀	自印本	1994年8月	16	96	文章後面附有〈欣賞目標〉、〈故事研討〉、〈故事活動〉等
神祕的新鄰居	黃登漢	臺灣書店	1995年2月	20.5×17.5	123	
會變色的眼睛	魏桂洲	臺中市政府	1995年6月	24	184	
眼鏡國遊記	范姜春枝	華童出版社	1995年9月	24	94	
童話盒子	謝新福	華童出版社	1995年9月	24	79	
飛鴿日記	馮輝岳	華童出版社	1995年9月	24	75	
快來救月亮	胡鍊輝	華童出版社	1995年9月	24	120	以上四冊成套《創作童話故事系列》
兒童語文教材創作專輯（二）	企劃：莊梅枝	中華民國教材研究發展學會	1995年11月	16	352	

書名	作者	出版社	出版日期	開數	頁數	備註
老師的童年往事	王淑芬	國語日報社	1996年11月	24	268	

兒童文學論述書目

書名	作者	出版社	出版日期	開數	頁數	備註
童詩彩虹	主編：陳育慧、陳淑慎	泉源出版社	3月	24	251	
臺灣地區科學類：兒童讀物調查研究（1985-1994）	陳美智	漢美圖書公司	1月	24	142	
美麗的水鏡——從多方位深究童話的創作和改寫	傅林統	桃園縣立文化中心	6月	24	156	
拜訪童詩花園	杜榮琛	五洲出版社	9月	24	271	新版

一九九七年兒童文學大事記要

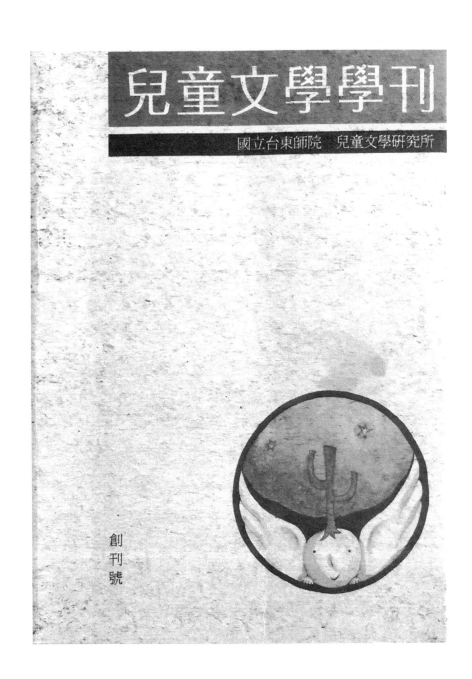

元月

十九日　東師語教系和兒文所籌備處共同籌組前往大陸進行兒童文學
　　　　交流活動，領隊為語教系洪固教授，成員包括兒文所林文寶
　　　　及吳朝輝教授。他們先後訪問重慶西南師大王泉根教授和金
　　　　華浙江師大兒童文學研究所，商討雙方未來可能的合作計劃
　　　　及學術交流的可能性。

三月

十　日　中華民國兒童文學學會舉辦「探訪作、畫家心靈故鄉」活
　　　　動，第一梯次金瓜石之旅。為黃郁文校長幼時住過的地方。
十三日　臺東師院語文教育學系主辦一九九六學年度兒童文學與教育
　　　　學術研討會，為期兩天。林良應邀發表《認養兒童文學》之
　　　　專題演講。本次研討會並印行論文集，收錄八篇論文。
廿二日　第九屆中華兒童文學獎贈獎典禮。
廿九日　舉辦蘇尚耀先生逝世週年紀念會。（中華兒童文學學會）

四月

一　日　中華民國兒童文學學會與《國語日報》兒童版合作「兒童文
　　　　學月」為期一個月。

五月

廿九日　臺東師院兒童文學研究所碩士班新生榜示，一般生正取生十
　　　　二名依報名號碼先後依序為：洪美珍、馬祥來、王貞芳、蘇
　　　　茹玲、林靜怡、張珮歆、林玲遠、林孟琦、楊佳惠、游鎮

維、黃孟嬌、郭祐慈。備取生七名，依成績高低先後依序
為：鄭丞鈞、吳聲淼、蔡雅文、汪光慧、張逸雯、陳冠如、
蕭玉娟專業在職生，正取生三名依次為廖健雅、陳昇群、洪
志明備取生二名：簡淑玲、楊琇惠。

六月

十五日 中華民國兒童文學學會舉辦「探訪作、畫家心靈故鄉」活動
第二梯次陽明山之旅──劉宗銘、陳芳美夫婦工作室。

廿二日 東師兒文所籌備處召集人林文寶教授，應中國海峽兩岸兒童
文學研究會於年會作〈兩岸兒童文學交流〉專題報告。

七月

一　日 中華民國兒童文學學會在《師友月刊》上發表「兒童文學與
教育」系列論文，預計分為六期，每期兩篇。

廿一日 中華民國兒童文學學會舉辦的一九九七年度兒童文學寫作夏
令營開始上課，為期一週。

廿二日 中華民國兒童文學學會與中央圖書館臺灣分館主辦的全國優
良兒童圖書展，為期九天。展覽地點在東方出版社。

八月

五　日 第四屆亞洲兒童文學大會即日起在南韓漢城舉行，為期四
天。八月八日各地區正副代表會議（臺北正代表：林煥彰、
副代表：趙天儀）決定第五屆亞洲兒童文學大會在臺北開，
臺灣地區兒童文學工作者與會的計有：林煥彰、趙天儀、洪

文瓊、洪文珍、林武憲、洪中周、蔡尚志、蔡榮勇、黃玉蘭、楊麗娥、吳麗櫻、徐佩瑩等。

六　日　前臺南師院語教系教授林守為病逝，享年七十七歲。八月二十一日假臺北市第一殯儀館至安廳舉行告別式。林教授專業是兒童文學理論。

廿四日　國語日報《兒童文學周刊》，即日起連續三週推出第四屆亞洲兒童文學大會與會感言專輯。計有洪中周、蔡榮勇、林煥彰、蔡尚志、林武憲、黃玉蘭、洪文珍等先後抒感。

廿九日　中華民國兒童文學學會理事長林煥彰，應香港市政局邀請擔任第四屆雙年文學獎，兒童文學組總評審工作，並擔任香港市政公共圖書館所承辦的兒童文學研習班講座，講授有關童詩寫作，欣賞及教學的課程。

九月

廿一日　中華民國兒童文學學會、國語日報社、世界華文兒童文學資料館、中國海峽兩岸兒童文學研究會為緬懷已故兒童文學界前輩特合辦張劍鳴先生逝世週年紀念會，假臺北市福州街二號五樓國語日報新大會議廳舉行，並由該報《兒童文學周刊》於十四日及二十一日分別刊出黃女娥〈默默耕耘的園丁——兒童文學家張劍鳴〉、洪文瓊〈從張劍鳴先生的譯事與藏書，看他的為學與做人〉、林良〈兒童文學譯作家——張劍鳴〉等三篇文章。林淑慧小姐也撰寫〈朵朵的思念——張劍鳴先生追思紀念會側學〉刊在十一月號的會訊。當天出席紀念會的計有林良、馬景賢、林煥彰、姚宜瑛、瘂弦、何欣、蔣竹君、陳正治、劉玉琛等數十人。

十一月

二　日　由行政院新聞局指導，中華民國兒童文學學會國際佛光會中華總會主辦金秋慶豐收──千歲宴──向資深兒童文學工作者致敬，假臺北市佛光山臺北道場舉行。整個活動由陳木城、趙翠慧聯合主持，當天出席的都是年滿七十歲的兒童文學工作者，分別是蕭奇元、華霞菱、潘佛彬（潘人木）陳武雄（陳千武）陳梅生、劉玉琛、林良、陳雄、朱傳譽等九位。主辦單位並向每位致贈紀念品及素描畫像，同時請他們留下珍貴的手印，期間並穿插詩的朗誦、說唱藝術、相聲等助興。

六　日　大陸知名兒童文學作家陳伯吹先生病逝於上海華東醫院，享年九十二歲。十一月十一日在上海舉行告別追思會。

十五日　《小作家》月刊榮獲一九九七年度行政院新聞局圖書出版金鼎獎兒童及少年類優良雜誌推薦。

十八日　洪建全教育文化基金會董事長洪簡靜惠，獲聘榮獲國家文化藝術基金會執行長。

廿三日　中華民國兒童文學學會第五屆第一次會員大會假臺北市國語日報五樓會議室舉行，並邀請臺大外文系歐茵西教授以〈簡說俄羅斯兒童文學〉發表專題演講。會中將領發一九九七年度大專院校兒童文學研究獎學金、第五屆陳國政兒童文學獎、及第五屆中華兒童文學獎（文學類得主王淑芬、美術類得主劉建志）。

廿八日　日中兒童文學美術文化交流協會會員──中由美子翻譯李潼《少年葛瑪蘭》，與另一位日本女作家木村祐知子相偕來臺，翌日赴羅東拜會李潼，以便對原著的小說背景作深入的了解。

十二月

五　日 由靜宜大學文學院主辦的第二屆全國兒童文學與兒童語言學術研討會，假該校新國際會議廳舉行，為期兩天。會中並邀請文壇前輩鄭清文以〈我對兒童文學的看法〉為題發表專題演講。並有四場研討主題分別是童話、少年小說、兒童文學中的語言及歐洲兒童文學。七篇論文發表人依序為黃玉蘭〈從意象與象徵談《小王子》的主題〉，講評人李魁賢。劉瑩〈童話的讀者反映研究──以牧笛獎童話作品為例〉講評人許建崑。張子樟〈扁平與圓形──淺析少年小說中的人物刻劃〉，講評人蔡尚志。馬佑真〈翻譯少年小說應有的顧慮與考量〉，講評人梁景峰（趙天儀代）。陳秀鳳〈窗道雄的語言表現〉，講評人向陽。黃惠玲〈以兒童文學為橋樑──談英美兒童文學對英文系學生的幫助〉，講評人海柏。李惠加〈圖畫書的語言訊息傳達〉，講評人曹俊彥。〈神奇的貓──法國兒童文學中的寵物〉講評人阮若缺。綜合座談會中趙天儀院長主持主題為兒童文學中的語言。由林良、馬景賢、林文寶、陳千武、何德華等當引言人。

六　日 國內首見的國家級兒童插畫作品比賽──福爾摩沙兒童圖畫插畫展徵選，得獎名單揭曉。特優獎：劉宗慧「元元的發財夢」。優選獎：楊翠玉「兒子大玩偶」、鍾易真「村童的遊戲」。佳作獎：卓昆峰、林麗琪、賴建名、林傳宗、劉伯樂等人。決審委員包話國際知名插畫家，法國克洛德‧拉布安特，日本佐野洋子，國內的鄭明進、曹俊彥、高明美、劉萬航、黃光男等人。

九　日 兩廳院為拔擢表演藝術新人和團體，一九九八年度甄選名單公布，鞋子兒童實驗劇團入選。

一九九八年兒童文學年度書目

《聯合報》〈讀書人〉一九九八年最佳童書獎童書類如下：

繪本類：

《微笑的魚》　幾米文、圖　玉山社

《那裡有條界線》　黃南文、圖　遠流

《媽媽的紅沙發》　威拉‧畢‧威廉斯文、圖　柯倩華譯　三
之三文化

《瞬間收藏家》　布赫茲文、圖　張莉莉譯　格林文化

《我會愛》精選繪本（六冊）　珍恩‧懷特豪斯‧彼得森等文
黛博拉‧雷伊等圖　陳質采等譯　遠流

讀物類：

《咕咕精與小老頭》　王拓著　人本

《女生愛男生》　施寄青文　張妙如圖　臺灣商務印書館

《創意小畫家》系列　M. Angels Comella 著　三民書局編輯
部譯　三民書局

《男孩：我的童年往事》　羅爾德‧達爾文　昆汀‧布雷克圖
幼獅文化

《從野地誕生的科技發明》　費爾‧蓋茲著　黃啟明譯　藍墨
水

（見1998年12月21日《聯合報》41版）

《中國時報》〈開卷〉一九九八年度最佳童書是：

最佳青少年圖書

書名	作者（譯者）	出版社
不好意思	周銳著，季青圖	民生報社
妙妙和梭魚	町田純著，徐華譯	小知堂文化公司
伽利略	彼德席斯文、圖，郭恩惠譯	格林文化事業公司

最佳童書

書名	作者（譯者）	出版社
我不知道我是誰	強布雷克文，薛弗勒圖，郭恩惠譯	格林文化事業公司
我的爸爸是流氓	張友漁著，小凱圖	小兵出版社
我的妹妹聽不見	珍恩・懷特豪斯・彼得森文，黛博拉・雷伊圖，陳質采譯	遠流出版事業公司
森林裡的祕密	幾米著	玉山社出版事業公司
跟著爺爺看	派翠西亞・麥蘭赫蘭文，黛博拉・雷伊圖，楊珮楡譯	遠流出版事業公司
螢火蟲之歌	陳月文著，陳燦榮攝影	紅蕃茄文化事業公司
藍鯨是世界最大的東西嗎？	羅伯特・伊・威爾斯著，鄭榮珍譯	台灣英文雜誌社

（見1998年12月31日《中國時報》41版）

　　就出版或創作的觀點，本年仍是翻譯與繪本的天下。當然，紅蕃茄事業文化公司的《追追追生活系列》本土性創作仍在出版中，三民書局的《小詩人系列》，也在繼續出版。而民生報社仍堅持文學性的創作。

　　本書目分創作類與論述類兩部分。創作類以中文書寫者為主，其間並包括大陸在臺出版作品。至於幼兒文學與中華兒童叢書，則不在收錄之列。又論述類由於作品不多，是以譯作亦在收錄範圍之內。

一九九八年兒童文學創作書目

書名	作者	出版社	出版日期	開數	頁數	備註
血經	范錫林	小魯文化事業公司	1月	24	223	
不理媽媽的雞蛋	張秋生	民生報社	1月	24	235	
大腳李柔	張如鈞	小魯文化事業公司	2月	24	185	
獵人的故事	余存先	小兵出版社	2月	19.5×20.5	160	
莉莉的花藍	木子	富春文化事業公司	2月	24	199	
聰明孩子的童話	程聖民、程選民	文經出版社出版公司	2月	24	191	
諸鬼狂歡節	管家琪	亞太經網公司	2月	24	157	
原始人阿麗	管家琪	亞太經網公司	2月	24	186	
夢中少年	管家琪	亞太經網公司	2月	24	128	
不好意思	周銳	民生報社	2月	24	255	
母老虎吃粽子	王家珍	民生報社	2月	24	184	
卡通大師──華德迪士尼的少年時光	管家琪	文經出版社	3月	24	183	
牙龍灣奇遇	南天	業強出版社	3月	新25	199	
西元2903年的一次飛行	卜京	民生報社	3月	24	196	

書名	作者	出版社	出版日期	開數	頁數	備註
恐龍阿瓜和他的大尾巴	張嘉驊	民生報社	3月	24	171	
藍鯨的眼睛	冰波	民生報社	3月	24	195	
網一把星	詩／葉維廉 圖／朱美靜	三民書局	3月	24×21	61	
穿過老樹林	詩／蘇紹連 圖／陳致元	三民書局	3月	24×21	51	
咕咕精與小老頭	王拓	人本教育基金會出版部	3月	19.5×14	167	
小豆子歷險記	王拓	人本教育基金會出版部	3月	19.5×14	171	
祖母綠寶石	劉興詩	小魯文化事業公司	4月	24	256	
祕方·祕方·祕方	金曾豪	小魯文化事業公司	4月	24	223	
高樓上的小捕手	林世仁	國語日報社	4月	24	77	
狀況三	陳素宜	國語日報社	4月	24	93	
羅密海鷗與小豬麗葉	王淑芬	國語日報社	4月	24	77	
尋找快樂的鬼	麥莉	國語日報社	4月	24	61	
一隻豬在網路上	方素珍	國語日報社	4月	24	75	
形狀的故事	陳昇群	國語日報社	4月	24	77	以上六冊為第二屆國語日報社兒童文學牧笛獎〈童話故事〉類得獎作品

書名	作者	出版社	出版日期	開數	頁數	備註
我看到了彩虹——盲者之歌	曹麗娟	綠生活國際公司	4月	24	238	
林肯大郡	聖容	富春文化事業公司	5月	24	209	
兄妹情深	閻瑞珍等	臺南師院語教系	5月	24	388	第五屆師院生兒童文學創作獎作品集（非賣品）
俄羅斯鼠尾草	張子樟主編	幼獅文化事業公司	5月	24	215	
一把蓮——黑水溝傳奇	林滿秋	小魯文化事業公司	5月	24	272	
一分鐘寓言	洪志明	小魯文化事業公司	5月	24	172	
我畫的豬跑掉了	七星潭	臺灣省國民學校教師研習會	5月	21×19	133	非賣品
見鬼不怪鬼	鄒敦怜	小兵出版社	5月	20×19.5	159	
銀髮與童心	詹冰	臺中市文化中心	5月	24	265	
鄉野遊蹤	陳梅英	百晟文化出版公司	5月	新25	194	高雄市文化基金會獎助出版
星星仙女下凡塵	摩迦等	佛光文化事業公司	5月	32	125	
畫鯉的奇蹟	慈莊等	佛光文化事業公司	5月	32	124	

書名	作者	出版社	出版日期	開數	頁數	備註
七十二朵蓮花	慈惠等	佛光文化事業公司	5月	32	126	
仁慈的須大拏	慈惠等	佛光文化事業公司	5月	32	126	
九道難題	慈惠等	佛光文化事業公司	5月	32	125	
我的希望	謝冰瑩等	佛光文化事業公司	5月	32	126	
蛇王與菩薩	張慈蓮等	佛光文化事業公司	5月	32	125	
一半親情	陳昇群等	臺灣省文化處	6月	16	449	臺灣省第十一屆兒童文學創作獎專輯
哈啦巴啦怪物節	張嘉驊	天衛文化圖書公司	6月	24	163	
阿黃的尾巴——木子說故事（四）	木子	富春文化事業公司	6月	24	187	革新版
石頭開講	陳益源	富春文化事業公司	6月	24	197	
打不倒的孩子——設計大師朱魯青	李文茹	文經出版社	6月	24	254	
速食大王——麥當勞叔叔的故事	管家琪	文經出版社	6月	24	155	
林老師說故事：兒童劇團演出紀要1996-1998	臺北市立圖書館		6月	16	115	非賣品
花木蘭	管家琪	文經出版社	7月	24	143	
我愛綠蠵龜	子安	九歌出版社	7月	24	162	

書名	作者	出版社	出版日期	開數	頁數	備註
荒原上的小淳棚	盧振中	九歌出版社	7月	24	166	
孿生國度	陳愫儀	九歌出版社	7月	24	210	
蘋果日記	劉俐綺	九歌出版社	7月	24	172	以上四冊合為《九歌兒童書房 第 23 集》
瘋狂綠刺蝟	彭懿	小魯文化事業公司	7月	24	178	
隨身聽小孩	林滿秋	小魯文化事業公司	7月	24	222	
會說話的雲	管家琪	中華日報	7月	24	266	
森林 EQ 童話	柯錦鋒	中華日報	7月	24	230	
孤獨的時候	周曉、沈碧娟編	民生報社	7月	24	263	中國大陸少年小說選（一）
男孩寄來一封信	周曉、沈碧娟編	民生報社	7月	24	257	中國大陸少年小說選（二）
有一個女孩叫星竹	周曉、沈碧娟編	民生報社	8月	24	206	中國大陸少年小說選（三）
崗背的小孩	馮輝岳	民生報社	8月	24	254	
童年懺悔錄	王淑芬	民生報社	8月	24	216	
謎天謎地謎故事	蔡清波	富春文化事業公司	8月	24	113	
驢打滾兒王二	馬景賢	民生報社	8月	24	228	
兩隻老虎變小蜜峰	揚歌	富春文化事業公司	8月	24	218	

書名	作者	出版社	出版日期	開數	頁數	備註
蠻皮兒	李潼	幼獅文化事業公司	8月	24	211	
夢中音樂會	朵思	三民書局	8月	24×21.5	47	
小孩與鸚鵡	陳義芝	三民書局	8月	24×21.5	49	
我的夢在夜裡飛行	葉日松	晨光出版社	9月	24	229	
夢想販賣機	黃文進	富春文化事業公司	9月	24	221	
小白要出嫁	杜白	幼獅文化事業公司	9月	24	225	
安順宮風波	木子	富春文化事業公司	9月	24	154	
大自然的探索	楊美玲	富春文化事業公司	9月	24	195	
說媽媽的故事	何麗華編著	屏師教育基金會	10月	24	274	非賣品
話神	史軍超編著	漢藝色研文化事業公司	10月	24	207	
新爐主	吳燈山	文經出版社	10月	24	169	
螳螂	張之路	小魯文化事業公司	10月	24	189	
到大海去呀，孩子	汪啟疆	三民書局	10月	24×21.5	55	
我的爸爸是流氓	張友漁	小兵出版社	10月	19.5×20.5	160	
金色的羽毛披風	夏菱	國語日報社	10月	24	185	
超級狗——小逗逗	林葳	富春文化事業公司	11月	24	148	
童年26	朱秀芳	富春文化事業公司	11月	24	204	舊書新版

書名	作者	出版社	出版日期	開數	頁數	備註
思鄉的外星人──臺灣少年小說選（一）	桂文亞、李潼編	民生報社	11月	24	300	
寂寞夜行車──臺灣少年小說選	桂文亞、李潼編	民生報社	11月	24	305	
鳥奴	沈石溪	國語日報社	11月	24	186	
施公奇案	吳燈山	聯經出版事業公司	11月	24	196	
包公奇案	沙淑芬	聯經出版事業公司	11月	24	169	
廖添丁傳奇	鄒敦怜	聯經出版事業公司	11月	24	153	
臭腳丫的日記	林煥彰	富春文化事業公司	11月	24	170	
屋簷上的秘密	林芳萍	民生報社	11月	24	149	
草魚潭孩子	王文華	小兵出版社	12月	19.5×20.5	161	
老師同學再會吧！	林靜昕	幼獅文化事業公司	12月	24	191	
草房子（上、下）	曹文軒	民生報社	12月	24	607	
馬丘比丘組曲	桂文亞	民生報社	12月	24	215	
豆豆的前世公主	康逸藍	正中書局	12月	24	162	
唱歌的樹	黃長安	正中書局	12月	24	151	
太陽結婚	薛賢榮	正中書局	12月	24	137	
行俠俠義小巫公	康逸藍	正中書局	12月	24	116	

一九九八年兒童文學論述書目

書名	作者	出版社	出版日期	開數	頁數	備註
科學童話寫作與教學研究	李麗霞	先登出版社		24	348	1998年初版（無出版日期）
喚醒睡美人	Jean Freeman 著，廖瑞雯譯	探索文化事業公司	1月	24	175	
試著做一把兒童詩的梯子	蔡榮勇	臺灣省兒童文學協會	1月	24	144	
第二屆全國兒童文學與兒童語言學術研討會論文集		靜宜大學文學院	1月	24	266	非賣品
閱讀的喜悅——少兒文學品賞	張子樟	九歌出版社	2月	32	245	
創意童詩教室	林本源	國際少年村	3月	24	234	
1997年兒童讀物·少年讀物好書指南	策劃：桂文亞 主編：馮季眉	健行文化出版事業公司	3月	25.5×19.5	223	
兒童文學新論	周慶華著	生智文化事業公司	3月	24	305	
1998年海峽兩岸童話學術研討會論文特刊	馮季眉主編	中國海峽兩岸兒童文學研究會	3月	16	71	非賣品
臺灣地區1945年以來現代童話學術研討會論文集	兒文所編	臺東師院	3月	24	290	非賣品

書名	作者	出版社	出版日期	開數	頁數	備註
童詩教學遊戲——童詩教學活動設計手冊	企劃指導陳木城	臺北市明德國小	4月	24	166	非賣品
逛《ㄨㄤ書	周惠玲	幼獅文化事業公司	4月	24	146	
拿什麼給下一代	林煥彰	宜蘭縣立文化中心	4月	24	201	非賣品
第一屆兒童文學國際會議論文集		靜宜大學文學院、臺灣省兒童文學協會	5月	21.5×30	343	非賣品
1998年海峽兩岸童話學術研討會論文特刊		臺北市立圖書館	5月	16	95	非賣品
圖畫書的美妙世界	鄭明進編著	國立臺灣藝術館	5月	23×27	167	
童詩——奶奶的童年	謝金治編著	世一文化事業公司	5月	24	121	
臺灣民間文學學術研討會論文集	總編輯：胡萬川	清華中文系	6月	16	313	非賣品
圖書分級制研討會會議實錄	中國文化大學青少年兒童福利學系編印	行政院新聞局主辦	8月	16	118	非賣品
寫作縱橫談——兒童文學	李銘愛編寫	臺北市文藝協會	9月	24	141	
行政院新聞局第十六次推介中小學生優良課外讀物暨第三屆小太陽獎得獎作品	主編：謝美裕、項文苓	行政院新聞局	9月	16	143	非賣品

書名	作者	出版社	出版日期	開數	頁數	備註
國小作文教學與文化互動學術研討會論文集	總編輯：徐泉聲	花師語教系	9月	20.5×29	244	非賣品
好書之旅——愛亞導讀	愛亞著	幼獅文化事業公司	10月	24	169	
兩岸兒童文學交流回顧與展望專輯	策劃主編：林煥彰	中華民國兒童文學學會	10月	16	177	非賣品
童詩新樂園	姜聰味	民聖文化事業公司	11月	24	221	
童詩豐年祭	呂嘉紋	民聖文化事業公司	11月	24	186	
認識童話	主編：許建崑	天衛文化圖書公司	12月	24	244	
世界幻想兒童文學導論	彭懿著	天衛文化圖書公司	12月	24	295	
孩子說的故事——了解童年的敘事	蘇珊·恩傑著，黃孟嬌譯	成長文教基金會	12月	24	270	
民間文學與作家文學研討會論文集	總編輯：胡萬川、呂興昌、陳萬益	清華中文系	12月	16	301	非賣品

補遺

兒童文學創作書目

書名	作者	出版社	出版日期	開數	頁數	備註
喇叭精靈	李錦珠	高雄市中正文化中心	1993年3月	24	167	非賣品
臺灣省81學年度優良兒童劇本徵選集	李春霞等	高雄縣文化中心	1993年6月	21×18.5	164	非賣品
臺灣省82學年度優良兒童舞台劇本徵選集	黃基博等	高雄縣文化中心	1994年6月	21×18.5	166	非賣品
臺灣省83學年度優良兒童舞台劇本徵選集	薛弘生等	高雄縣文化中心	1994年6月	21×18.5	31	非賣品
小玩家大陸行	陳梅英	高雄市中正文化中心	1996年5月	24	141	非賣品
我要給風加上顏色	林鍾隆	桃園縣文化中心	1997年5月	24	153	非賣品
85，86年度優良兒童舞台劇本徵選集	王素淳等	高雄縣文化中心	1997年6月	21×17.5	322	非賣品
親愛的野狼	曾西霸	臺灣省教育廳	1997年1月	10	78	
小小與心情王國	黃玲蘭	心理出版社	1997年12月	21×19	170	
留級生教授	丁凡	心理出版社	1997年12月	12×19	78	
最棒的過動兒	何善欣	心理出版社	1997年12月	12×19	68	
快樂說晚安	趙映雪	心理出版社	1997年12月	12×19	58	以上四冊合稱

書名	作者	出版社	出版日期	開數	頁數	備註
						為《兒童健康成長故事集》

兒童文學論述書目

書名	作者	出版社	出版日期	開數	頁數	備註
圖畫書·學習與探索	光佑文化事業編輯部	光佑文化事業公司	1997年12月	16	143	

一九九八年兒童文學大事紀要

邱各容

元月

一　日　由台灣英文雜誌社創辦的《精湛兒童之友》圖畫書月刊正式
　　　　創刊。第一期為《神奇畫具箱》，林明子〈圖與文〉，汪仲譯。

十一日　《國語日報》「兒童文學周刊」即日起推出「迎接九九年第五
　　　　屆亞洲兒童文學大會系列專文」，邀請國內外學者專家撰寫有
　　　　關專文，擴大國內兒童文學界同仁對世界兒童文學的認知。

十二日　《滿天星兒童文學雜誌》第四十六期出刊，內容計有靜宜大
　　　　學「第二屆兒童文學與兒童語言學術研討會」趙天儀院長的
　　　　開會致詞，鄭清文先生的專題演講〈我對兒童文學的看法〉
　　　　等。

十七日　中華民國兒童文學協會一九九八年度年會假臺中市上智社教
　　　　院召開。
　　　　臺灣兒童插畫藝術節──一九九八福爾摩沙兒童圖書插畫展
　　　　假臺灣藝術教育館舉行，為期六天。該展覽由行政院文建會
　　　　策劃，臺灣藝術教育館主辦，中華民國兒童文學學會和信誼
　　　　基金會共同承辦。為配合該項插畫展，主辦單位特主辦「福
　　　　爾摩沙 VS 波隆納」座談會，主題談兒童圖書插畫創作的自
　　　　我風格與國際視野，座談會由林煥彰及高明美共同主持。由
　　　　徐素霞、王行恭、鄭明進、曹俊彥、郝廣才、劉宗慧主講。

二月

七　日　台灣英文雜誌社為增進讀者對圖畫書的了解，並享受親子共
　　　　讀的樂趣，即日起每週一次，分別在讀書樂長沙店、民生店
　　　　及誠品敦南店舉辦「幸福種子──圖畫書欣賞」系列演講，
　　　　本次由資深美術教育家鄭明進主講「林明子的圖畫世界」。

九　日　高雄縣立文化中心主辦，蔡清波先生策劃的高雄縣一九九七年度教師兒童文學研習營為期五天，師資有李潼、周炳成、張清榮、翁翠芝、蔡清波、林加春等。

廿八日　發行已有十年歷史的《兒童日報》正式停刊，並自三月六日起改為周刊，新周刊名為《兒童周刊》，菊八開、色彩精印，訂價七十元。主編汪淑玲。

中國海峽兩岸兒童文學研究會前任秘書長張子樟教授，經由兒童文學界大老國語日報社董事長林良先生及民生報桂文亞小組的聯名推薦，獲得國家文藝基金會的進修補助，赴美國威斯康辛州大學〈麥迪遜校區〉進修半年專研少年小說。

三月

一　日　第五屆亞洲兒童文學會議籌備會執行委員會假松山國小會議室舉行。

十二日　大陸重慶西南師範大學王泉根教授應臺東師範學院兒童文學研究所所長林文寶教授之邀，來臺作為期十八天的訪問教學。並將參加「一九九八年海峽兩岸童話學術研討會」及「臺灣地區（1945年以來）現代童話學術研討會」。

十三日　民生報與臺北市立圖書館合辦「一九九八年海峽兩岸童話學術研討會暨民生報二十週年慶童話新書發表會」，假該報少年兒童版推出專輯，一連四天。

十九日　大陸兒童文學界人士方衛平、孫建江、湯銳、張秋生、金燕玉、趙冰波、葛競等人抵臺參加一九九八年海峽兩岸童話學術研討會。

廿二日　臺北市立兒童育樂中心為慶祝兒童節，即日起推出兒童劇表演，至四月九日止，在星期假日及春假期間舉行，其中包括

一元布偶劇團、三月二十八日〈小袋鼠說故事劇團〉、三月二十九日〈大腳丫劇團〉。此外，有新興閣掌中劇團、華州園皮影戲團等為小朋友演出精彩好看的布偶戲、人偶秀、掌中戲和皮影戲。

中國海峽兩岸兒童文學研究會與民生報合辦「一九九八年海峽兩岸童話學術研討會」，假臺北市聯合報第二大樓會議廳舉行為期兩天的七場研討活動。受邀參加的兩岸學者專家計有林良、許建崑、張湘君、蔡尚志、孫晴峰、周慧玲、林文寶、金燕玉、王泉根、湯銳、方衛平、趙冰波、張秋生、葛競等發表論文或講評及座談，分別由桂文亞及林煥彰主持。

廿四日　應邀來臺參加「海峽兩岸童話學術研討會」的大陸兒童文學作家、學者張秋生、金燕玉、孫建江、方衛平、趙冰波、湯銳、葛競等於今日上午在主辦單位中國海峽兩岸兒童文學研究會召集人桂文亞陪同下分別參觀國語日報、中華民國兒童文學學會及世界華文兒童文學資料館。

廿六日　「臺灣地區（1945以來）現代童話學術研討會」，假臺東師範學院國際會議廳舉行，為期兩天。

由臺東師範學院兒童文學研究所主辦的《兒童文學學刊》創刊號出刊，本期要目計有：兒童文學是什麼／林文寶；臺灣當代兒童佛教文學初探／陳奕愷；臺灣地區兒童文學從業人員對大陸童話在台出版之反映初探／游鎮維；平行或交叉──少年小說中的父子關係／張子樟；美國與臺灣原住民少年小說概觀／傅林統

四月

二　日　成立十多年的一元布偶劇團應臺北縣三芝鄉公所邀請，假鄉

公所五樓禮堂演出〈三隻小豬〉、〈愛的故事〉二齣戲碼。全鄉公私立托兒所五百多位小朋友欣賞，四日上午將上演改編自日本童話故事的〈猴子與螃蟹大戲〉。

四　日　由文建會指導，桃園縣立文化中心，桃園市北門國小主辦，臺東小木偶劇坊下午假北門國小演出〈彩虹女兒童劇〉。免費邀請小朋友及家長一起觀賞。該劇坊是由臺東師院郭美女教授於一九九三年推動成立的劇團。專門推動兒童音樂戲劇活動，成員以幼稚園及國小教師、師院生為主，是東臺灣兒童音樂劇先驅。翌日改在臺北社教館活動中心演出。

加拿大 ZEF 兒童舞蹈劇場下午及晚上假國家劇院演出〈火鳥〉、〈行星〉兩齣戲。

實驗國樂團與九歌兒童劇團今明兩天假國家音樂廳上演〈星星、蝴蝶、三輪車〉音樂會，將國樂與兒童劇結合演出。

五　日　由高雄縣立文化中心主辦，鞋子兒童劇團假高雄縣勞工育樂中心推出〈彈珠、巫婆、魔法國〉的溫馨舞臺劇。

主建會舉辦「認識文化資產／親子說書列車」系列活動。自即日起到五月三日止，為期一個月。活動地區包括臺北、桃園、新竹、臺中、彰化、嘉義、臺南、高雄、宜蘭、臺東、花蓮等縣市共二十四場次。

十　日　紙風車劇團年度新戲〈美國巫婆不在家〉即日起將在臺北新舞臺一連五天上演。演出內容包括〈動作與聲音〉、〈起床號〉、〈小口袋〉、〈手指交響曲〉、〈藍騎士與白武士〉、〈賣芭樂〉、〈歡樂中國節〉等七個單元。

《師友》月刊四月號以「童心與書香——從文學透視兒童的心」為專輯主題，邀請臺北師院語文教育系張湘君教授談〈讓孩子與書牽手〉，中華民國兒童文學學會理事長林煥彰

談〈為兒童的夢土〉，東海大學中文系教授許建崑〈減枷成佳家〉談從少年小說談父子親情的建立，林茂談〈讓文藝教育獨立於文化教育之外〉。

五月

三　日　中國時報主辦的童心版第六屆紙上說故事比賽今年的主題是〈我心中的媽媽〉，得獎名單揭曉，將於母親節當天，假中國時報大樓二樓舉行頒獎典禮。今年活動係由中國時報童心版、美國亞培藥廠臺灣分公司、臺灣雅芳公司合辦，由二千四百八十二件作品中，經過三審選出低、中、高年級組前三名（共九名）及佳作三十名。

十五日　臺北市「快樂讀書會」所安排的「詩詞曲藝」系列活動，邀請中華民國兒童文學學會理事長林煥彰在「兒童詩・詩歌朗頌」單元為特別來賓。由該會會員討論並朗誦他的兒童詩作品。

廿三日　鞋子兒童實驗劇團應邀參加今年度臺北藝術節演出。今明兩天在臺北大安森林公園演出〈隱身草〉。這是一部說臺語嘛也通的兒童劇。逗趣的臺語童謠、歡樂的歌舞場面，讓小朋友輕鬆認識自己生長地方的母語和文化。

廿九日　靜宜大學文學院主辦「第一屆兒童文學國際會議」，文建會指導，臺灣省兒童文學協會承辦，為期五天。活動主題為「邁向二十一世紀──兒童文學的展望」，分論主題為：一、兒童文學的意義與價值。二、兒童文學的意義與社會。三、兒童文學的表現方式。四、兒童文學的讀者反應。五、孩子的創作與成人的創作。主辦單位並出版《第一屆兒童文學國際會議論文集》。

六月

十二日　中華民國兒童文學學會、中國海峽兩岸兒童文學研究會、臺東師範學院兒童文學研究所合辦〈兩岸兒童文學文學交流回顧與展望座談會〉，地點在臺北市國語日報社四樓舉行。題綱為：一、回顧十年交流經驗談。二、拓展交流深度與廣度。三、展望未來可能之途徑。由林煥彰擔任主持人，三組引言人分別是一：林良、沙永玲。二：林文寶、陳木城。三：陳信元、桂文亞。

台灣英文雜誌社，下午為鄭清文與陳建良合作的圖畫書《沙灘上的琴聲》舉辦新書發表會，並邀請黃才郎談陳建良的繪畫風格；許素蘭女士談鄭清文的童話創作，該書並列入《精湛兒童之友》月刊第五期。

臺灣省教育廳一九九八年度獎勵教育人員研究著作得獎名單公布：國小組著作類──優等：黃基博（屏東縣立仙吉國小），作品名稱：跟童話交朋友（上、下）；佳作：柯錦鋒（臺北縣立修德國小），作品名稱：精選唐詩三百首（正續篇）。

十四日　中國海峽兩岸兒童文學研究會年會上午在國語日報會議廳舉行，會中選出第三屆理監事、常務理監事及理事長當選名單如下：理事長──馬景賢；常務理事──林煥彰、楊孝濚、陳木城、方素珍；常務監事──洪義男；理事──王淑芬、杜榮琛、林文寶、桂文亞、謝武彰、洪志明、王金選、周慧珠、蔣竹君、余治瑩；監事──馮輝岳、吳榮斌、曾西霸、許建崑。

卅　日　新聞局主辦獎勵兒童讀物出版的第三屆小太陽獎得獎名單公布，計有七個出版獎、四個個人獎得主。

小太陽出版獎圖畫故事類：《那裡有條界限》（遠流出版）、科學類：《深山尋鳥蹤》（紅蕃茄文化）、人文類：《八音的世界》（雄獅圖書）、文學語文類：《兩朝天子》（遠流）、叢書。工具書類：《國語日報量詞典》（國語日報）、漫畫類：《宇宙大蒸發》（時報出版）、雜誌類：《臺灣博物季刊》（臺灣省立博物館）。

小太陽個人獎：最佳文字創作──劉克襄《望遠鏡裡的精靈》、最佳編輯──鄭榮珍《處處聞啼鳥──給孩子一百首詩》、最佳插畫──賴馬《我和我家附近的野狗們》、最佳美術設計──官月淑《岩石之門》。

第十屆楊喚兒童文學獎揭曉，班馬先生以《沒勁》得獎，可獲獎三萬元及獎牌一座，特殊貢獻獎贈與孫幼軍先生，以表彰其在童話創作的卓越貢獻，獲贈獎牌一面。以上兩人皆為大陸兒童文學界人士。

信誼基金會兒童文學推廣部主任高明美小組及第五屆亞洲兒童文學會議籌備會兼任祕書林文茜小組膺選為財團法人大阪國際兒童文學館一九九八年外國人客員研究員。高、林兩位小組是臺灣首次赴此館研究的人員。

七月

十三日　中華民國兒童文學學會和國語日報合辦的一九九八年度兒童文學寫作夏令營假國語日報正式展開，為期六天。由國語日報董事長林良，社長張學喜和中華民國兒童文學學會理事長林煥彰共同主持始業式，本期共有六十五名學員，並首度安排兒童電子書相關介紹。

廿四日　著名兒童文學家丁淑卿（筆名嶺月）因癌症病逝於臺大醫院，享年六十五歲。八月十七日下午二點假臺北第二殯儀館舉行告別式，薇薇夫人、張杏如女士、簡靜惠女士相繼致詞，其家人擬於明年逝世週年時出版懷念文集。

廿七日　一九九八年度臺灣省兒童文學創作研究員夏令營即日起假靜宜大學文學院小劇場舉行，為期六天。該夏令營由臺灣省兒童文學協會主辦，靜宜大學兒童文學專業研究室協辦。

　　　　長期鑽研兒童圖畫書的鄭明進先生，將其研究心得交由國立臺灣藝術教育館出版《圖畫書的美妙世界》，取材本土與國際六十多位圖畫書專業畫家作品，分門別類介紹〈文學性圖畫書〉、〈科學性圖畫書〉以及本土繪畫者劉伯樂、許文綺、楊翠玉和世界級大師安野光雅、杜桑、凱利等人的作品。

八月

一　日　屏東師院語文教育系徐守濤教授，應邀隨同該校林顯輝副教授前往緬甸推廣僑教，並擔任「兒童文學」課程講座，為期十八天。

四　日　「第三屆世界華文作家協會會員代表大會暨中華文化與世界漢文學研討會」假臺北圓山大飯店開會，資深作家及兒童文學界前輩林海音獲頒「終身成就獎」。

十二日　幼獅文化事業公司秉持當代兒童文學的出版理念及編選的經驗，延請臺東師院兒童文學研究所林文寶所長針對近十年（1988-1998）臺灣地區兒童文學出版品編輯一套《兒童文學選集》，並於是日假幼獅公司召開編輯會議。該套選集共分七冊，其類別及編者分別是：論述／劉鳳芯；詩歌／洪志

明；故事／馮季眉；童話／周慧玲；小說／張子樟；散文／馮輝岳；戲劇／曾西霸。

十六日 由中華民國兒童文學學會主辦，世界華文兒童文學資料館協辦的〈兒童文學家林守為教授逝世週年紀念會〉假臺北市福州街一號 B1 快雪堂舉行，計有林良、馬景賢、林文寶、王天福、洪義男、陳正治、林武憲、邱各容及林教授的哲嗣、受業學生劉孝彬、劉昌平、和遠從臺南趕來參加的蘇秀蘭小姐共十四人出席。

《國語日報》「兒童文學周刊」為紀念逝世週年的前臺南師院林守為教授，特刊出〈為兒童文學奉獻心血的林守為教授〉（陳正治）、〈懷念默默的耕耘者〉（馬景賢）兩篇紀念性文章。

九月

十六日 九歌文教基金會主辦的第六屆〈現代兒童文學獎〉得獎名單揭曉：前三名為范富玲《我愛綠蠵龜》，獎金二十萬元。盧振中《荒野上的小涼棚》，獎金十五萬元。陳愫儀《孿生國度》，獎金十萬元。佳作三名分別是：劉俐綺《蘋果日記》、劉台痕《鳳凰山傳奇》、鄭宗弦《姑姑家的夏令營》，獎金各為六萬元。該基金會並公布第七屆現代兒童文學獎開始收件，明年一月十五日截止。本屆應徵作品以適合十至十五歲兒童及少年閱讀的小說為主，文長三萬字。

十七日 已經出版一〇六部作品並獲得德國法蘭克福書展最佳童書等多項獎項的兒童文學作家管家琪在亞太經網公司協助下，成立管家琪故事網站及管家琪故事周刊，正式跨入網際網路線上出版領域。管家琪故事網站除刊登她的作品及目錄外，每

月還提供寫了一半的故事，讓讀者自由完成下半段。管家琪
故事周刊則是每週以 E-Mail 方式免費寄給讀者一個故事。

十九日　杯子兒童劇團年度大戲──「三王子的願望」，即日起將在
臺北市社教館登臺演出。這次劇團特別從國外訂製大型頭
套，讓每個角色的造型更生動活潑。

由高雄寬宏藝術公司安排的以色列孩子王默劇團，即日起假
高雄市立文化中心至德堂演出，並將陸續在中壢藝術館、臺
中中興堂、宜蘭縣立文化中心、嘉義市立文化中心、高雄縣
立文化中心、新竹縣立文化中心等演出。該默劇團由哈諾
克・羅森創辦。

廿六日　紙風車劇團假臺中市立民廣場演出〈蕃薯森林的故事〉，這
項演出活動定名為〈秋風吹動紙風車，安泰請你看好戲〉，
十月十一日在宜蘭縣立文化中心廣場演出。

杯子劇團假臺中市中山堂演出年度大戲〈三王子的願望〉，
該劇是結合人偶和仗頭偶共同演出的大型黑光戲。

蘋果兒童劇團假花蓮縣立文化中心演出〈小葫蘆奇遇記〉。

九歌兒童劇團一九九八年秋季兒童劇巡迴演出──〈寶貝小
咕嚕〉是該劇團成立十年來第一齣以大型人頭偶呈現的兒童
劇，是一個以生態保護為內容的故事。首站假高雄縣立文化
中心岡山演藝廳演出，並將陸續在桃園縣、臺中縣、花蓮
縣、基隆市等文化中心巡迴演出。

中華民國兒童文學學會理事長林煥彰參加中華日報藝文中心
主任應書平的作家團應邀前往加拿大亞伯特大學和卡加利大
學的文學座談會，同行的還有廖輝英、夏烈、邱秀芷等人。

每逢週五、周六見報的《民生報少年兒童版》，將從十月份
起，擇定每個月的第一週闢出兩個全版兒童文學專刊。刊出

與兒童文學發展有關的各項資訊，舉凡出版消息，書市情報、作家動態、兩岸交流、新書評介、活動、展覽及全球各地的兒童文學最新訊息，皆在報導之列。此外，該專刊並將策劃各項專題、座談等系列單元。

中華民國兒童文學學會主辦的一九九七年度大專院校兒童文學研究論文獎學金得主：東師的郭子妃、嘉師的劉苓莉的碩士論文已獲校方通過。郭子妃論文為《布穀鳥兒童詩學季刊與兒童詩教育》。劉苓莉論文為《兒童對童話中〈友誼概念〉之詮釋——以〈青蛙與蟾蜍〉為例》。

十月

三　日　有線電視頻道緯來電視即日起每星期六上午十一時播出由 HBO 精心製作的另類卡通影片——「童話急轉彎」，以不同的文化背景、種族角色來重新詮釋著名的童話故事，如灰姑娘、小紅帽、白雪公主等。

九　日　牛古演劇團即日起在臺北國立臺灣藝術教育館演出兒童劇——「螃蟹與小孩」，該劇取材自原住民傳說。原本是暑假第一波的本土自製兒童大戲，因腸病毒流行的關係而延遲至今。

十三日　臺灣省第七屆音樂藝術季正式開鑼，兒童劇也是活動內容之一。由作家黃春明所編的兒童劇——「愛吃糖的皇帝」，是本屆活動中最適合闔家觀賞的親子節目。演出時間為明年四月四日到二十日，演出地點包括宜蘭、新莊、臺中、南投、彰化、高雄等地。

十九日　板橋教師研習會第九九○期兒童文學創作坊研習班，即日起

展開為期兩週，參加學員三十餘名。師資計有林文寶、林武憲、朱錫林、陳正治、馮輝岳、賴西安、趙鏡中、王天福、洪志明、楊茂秀、郝廣才、陳木城、林良、王淑芬、劉漢初、管家琪、張嘉驊、羅青、杜明誠、鄧育仁、廖福彬、陳衛平等人。

廿四日 國語日報為慶祝創刊五十週年，本日上午十點到下午三點半，與臺北市婦幼醫院聯合舉辦「關懷兒童送愛心到醫院」園遊會，收入將訂報贈送兒童病房的住院兒童。並將於二十五日假該報十樓大禮堂舉行慶祝活動，教育部林清江部長親臨致詞。

廿四日 九歌兒童劇團即日起推出一齣「判官審石頭」兒童劇。這項演出對象以勞工家庭為主。該劇團希望將藝術欣賞活動拓展到勞工家庭，讓親子共賞兒童劇的溫馨趣味。定二十四日、二十五日及十一月二日、十四日分別在彰化、員林、臺北市、高雄市演出。

廿八日 格林出版公司舉行《四大探險家》新書發表會。這是該公司首次邀請國內作者寫國際知名人物，同時這四大探險家故事也將推上國際出版舞臺。

四大探險家由該公司委請國內知名作家林良、薇薇夫人、林清玄、郝廣才分別就庫克船長、馬可波羅、玄奘、羅伯史考特的生平事蹟著墨。插圖則由獲得國際安徒生大獎的澳洲插畫家羅伯英潘執筆。

廿九日 臺北縣立三峽國小親師劇團首演「精靈家庭」。該劇團自今年三月起，在每週三教師進修時間，邀請紙風車劇團到該校指導老師研習兒童戲劇。

卅一日 來自澳洲的洛斯現代兒童劇團即日起將特別為臺灣偏遠鄉鎮

社區及學校的小朋友，演出「小紅帽歷險記」。這齣童話布偶戲，免費招待小朋友觀賞。該劇下鄉巡演，從臺北縣樹林鎮柑園國小開始，依次是臺北懷恩堂、臺北縣瑞芳國小、南投縣南豐國小及仁愛國小、桃園縣新屋國中、臺北縣瓜山國小、基隆市立文化中心、臺中市立文化中心、新竹科學園區活動中心等。

公共電視臺自十月中旬起，每週五上午八點及下午五點三十分各播映三十分兒童文學的節目──「童詩之旅」，由中華民國兒童文學學會總務組長王淑芬主持，每集一個主題。

由行政院文建會及陸委會贊助出版的《兩岸兒童文學交流回顧與展望專輯（1987-1998）》正式出版，該書係中華民國兒童文學學會兒童文學史料叢書第五冊，由林煥彰策劃主編，十六開一九六頁。內容包括座談會記錄、兩岸兒童文學交流感言，歷年討論兒童文學交流相關資料及附錄。

十一月

三　日　由彥棻文教基金會、中華民國兒童文學學會主辦的第十一屆中華兒童文學獎揭曉，得主為洪志明，得獎作品是《星星樹》〈國語日報〉、《花花果果》〈臺灣麥克〉、《一分鐘寓言》〈小魯〉、《彩色的鴨子》〈信誼〉，獎金十萬元。

七　日　紙風車劇團今明兩天將在中正文化中心年度兒童戲劇盛會中演出全新改版的「牛的禮讚──我們一車都是牛」，演出內容，計有：一、《西遊記》中有名的「牛魔王」。二、神將黃飛虎的作騎「五彩神牛」。三、希臘神話中牛頭人身的「迷宮怪獸」宙斯與白牛。四、對牛彈琴、庖丁解牛等成語故

事。五、官月淑繪製的幻燈劇──農夫與老牛。六、黑光手
法的「快樂臺灣牛」。七、傳統鬥牛陣的全新風貌──「鬥
牛陣」。八、NBA 鬥牛大賽。演出方式還包括：一、牛魔王
的真人與戲偶聯演。二、迷宮怪獸的大型人偶演出。三、以
布偶劇演出的成語故事。四、五彩神牛則以大型五彩花燈塑
造故事中的各種人物角色最為特殊。該齣「牛的禮讚」是
去年紙風車劇團應文建會及巴黎文化中心邀請赴法演出的
戲碼。

九　日　加拿大喜憨兒螢光劇團應邀前來臺灣，將在臺北、臺中、高
　　　　雄舉行四場演出。成立已有二十四年的加拿大喜憨兒螢光劇
　　　　團是北美洲知名度頗高的表演團體，有加拿大多倫多傳奇的
　　　　美譽，其演出盈餘將全數捐給國內相關的社會福利團體。

十　日　台灣英文雜誌社舉行《咱去看山》和《毛兒的大提琴》新書
　　　　發表會。第一本作者為資深兒童文學作家潘人木，畫者徐麗
　　　　媛；第二本作者為在翻譯界享有盛名的汪仲女士，畫者羅婕
　　　　云。這兩本新書分別是《精湛兒童之友》圖畫書月刊的第九
　　　　和第八期。

十三日　臺灣省政府文化處主辦，省立臺中圖書館和省立彰化社教館
　　　　承辦的「第一屆臺灣省文學獎」揭曉，本屆分為散文類和報
　　　　導文學類，兒童文學作家林少雯獲得報導文學類優選獎。

十五日　臺北市托育協會舉行年會並舉辦義賣活動，義賣所得除必要
　　　　開支外，餘案二分之一將捐贈給第五屆亞洲兒童文學大會籌
　　　　備會，該籌備會也發動兒童文學界募集義賣品設攤義賣。

十七日　鞋子兒童劇團一九九八年團訓接近尾聲，由十位受訓學員共
　　　　同製作的新戲將於二十一日和二十二日兩天，在臺北兒童成
　　　　長學園和臺北市北投奇岩里活動中心演出。

廿　日　中華民國兒童文學學會假臺北市國語日報社五樓會議室舉行
　　　　第五屆第二次會員大會。會中將頒發中華兒童文學獎、一九
　　　　九七年度大專院校兒童文學研究論文獎學金，以及第六屆陳
　　　　國政兒童文學獎。會中安排東海大學中文系許建崑教授發表
　　　　專題演講──「明年，我們要認識什麼？」該會並編印《兩
　　　　岸兒童文學交流回顧與展望專輯》，贈送與會者。
　　　　中華文學獎得主：洪志明
　　　　大專院校兒童文學研究論文獎學金得主：劉苓莉／兒童對童
　　　　話中友誼概念之詮釋，以《青蛙對蟾蜍》為例。郭子妃／
　　　　《布穀鳥詩學季刊》與國小詩教育關係研究。
　　　　陳國政兒童文學獎得主：
　　　　繪圖故事類──優選獎／蘇阿麗《大大的花紋》，獎金五萬
　　　　元。佳作獎／林莉菁《朋友》、楊雅惠《遙遠的傳說》、黃錦
　　　　蓮《鳳凰木的回憶》，獎金各為二萬元。新人獎／王今葉
　　　　《紅屁股奇奇》、易善馨《森林之愛》。
　　　　兒童散文類──首獎／侯維玲《彩繪玻璃海洋》，獎金十萬
　　　　元。優選獎／姜聰味《夏夜裡的螢火蟲》，獎金五萬元。佳
　　　　作獎／吳源咸《阿弟甫和我》，獎金兩萬元。新人獎／唐珮
　　　　玲《妹妹抓蟲》、劉碧玲《我家門前有小河》。
廿七日　紙風車劇團即日起一連三天假臺北市臺灣藝術教育館二度推
　　　　出兒童劇──「美國巫婆不在家」。

十二月

一　日　英國 Ge Fabori 出版公司授權臺灣新葉圖書公司出版發行的
　　　　《魔幻藝術家》(*Art Magic*) 國際中文版生活藝術教材月刊
　　　　中文牌正式創刊。該刊是將大自然、科學介紹、對顏色的認

識與塗鴉等融合在一起。整個刊物內容從生活藝術出發，取材可以跨越年齡的界線。每期十大精彩內容，分別是學素描、學畫漫畫、學繪畫技巧、學做勞作、學觀察力、認識藝術家、學創意、學隨手塗鴉技能、學美術概念、學著色技巧等。總編輯為馬景賢先生。

九　日　第一屆〈知新兒童藝術節〉的演出節目揭曉，受邀參加演出的團體和戲碼分別是：一、九歌兒童劇團／十個太陽；二、鞋子兒童實驗劇團／小飛飛的天空；三、牛古演劇團／草螟弄雞公；四、杯子劇團／現代虎姑婆；五、蘋果兒童劇團／獵人與貓頭鷹；六、臺北兒童劇團／豬八戒招親。這六個兒童劇團將從明年三月中旬起在臺北知新廣場的知新小劇場輪番上演。

十　日　教育廳兒童讀物出版部第六期華兒童叢書及中華幼兒圖畫書「金書獎」假臺北市來來大飯店的舉行頒獎典禮，教育廳長陳英豪親臨主持。鄧傳楷、潘振球、劉真、梁尚勇、陳漢府、林清江（李建興代表出席）等歷屆廳長應邀出席盛會。劉真、梁尚勇、陳梅生、李建興等先後致詞。

中華兒童叢書寫作、插圖及中華幼兒圖畫書最佳獎作品，各頒「金書獎」一座、獎金五萬元；優良作品獎各頒「金書獎」一座、獎金三萬元。另兒童叢書最佳暨優良印刷獎各頒「金書獎」一座，以資鼓勵。

中華兒童叢書寫作獎：
一、最佳寫作獎
　　文學類／山中的故事／林鍾隆
　　科學類／馬路旁的綠衛兵／黎芳玲

　　　　健康類／快樂學習／羅正芬
　　　　藝術類／中國的繪畫／王耀庭
　　　　社會類／墾丁旅行日記／王家祥
　　二、優良寫作獎
　　　　文學類／永遠的記憶／樊聖
　　　　科學類／古怪花花國／謝明芳
　　　　健康類／綠色的朋友／趙雲
　　　　藝術類／臺灣美術家／張長華、（陳進）
　　　　社會類／臺灣早期開發總論／溫鎮華

　　中華兒童叢書插圖獎：
　　一、最佳插圖獎
　　　　文學類／昆蟲詩篇／簡滄榕
　　　　科學類／海岸河口的鳥類／郭志勇
　　　　健康類／住的地方／何雲姿
　　　　藝術類／點子怪物／陳璐茜
　　　　社會類／大航海時代／陳敏捷
　　二、中華兒童叢書印書獎
　　　　最佳印刷獎／小豬農場／政大印書館公司
　　　　優良印刷獎／低海拔山區的鳥類／花王企業公司
　　三、中華幼兒圖畫書獎
　　　　最佳圖畫書獎／走迷宮／林鴻堯
　　　　優良圖畫書獎／亞美族的飛魚季／洪義男

十　日　格林文化事業公司繼林海音的《城南舊事》，黃春明的《兒
　　　　子的大玩偶》之後，將鹿橋的《人子》書中〈明還〉一文，

再次以繪本方式呈現文學作品，書名《小小孩》，繪者為美國舊金山藝術學院碩士黃淑美。格林文化事業公司郝廣才認為，以繪本形式呈現文學作品是讓國人共同的文化記憶持久、延續的方法，也是為兒童尋求好的文學作品的一條路。

十二日　鞋子劇團所屬臺中小鞋屋劇團為配合聖誕節來臨，將推出「天使小魔鬼」劇碼。

杯子兒童劇團今明兩天晚上七點半，分別在連江縣社教館演藝廳以及北竿中正堂，演出黑光妙幻劇「神仙糖果屋」，免費讓馬祖地區的小朋友盡情享受充滿奇幻變化與聲光之美的黑光世界。

除兩場演出外，今明兩天上午八點起，在連江縣社教館演藝廳並有兩場戲劇講習，提供對兒童劇有興趣的老師和家長參加。

十六日　九歌兒童劇團即日起到二十日止，假臺北市臺灣藝術教育館演藝廳演出八場「四季花神」。該劇是九歌兒童劇團的歲末大戲，由大鬍子叔叔鄧志鴻擔任編導，由九歌兒童劇團的偶劇明星──了然領銜主演。是一部由執頭偶、大型撐竿偶和真人聯合演出的兒童劇。

十九日　臺北市立兒童交通博物館推出「小丸子最得意的一天」交通安全劇坊，以寓教於樂的兒童劇宣導交通安全常識。

該活動由臺灣師範大學話劇社擔任演出，將在臺北市古亭、河堤、雙園、武功四所國小舉行。

十九日　行政院新聞局公布一九九八年金鼎獎得獎名單，有關少年兒童類得獎名單如下：

雜誌類：

雜誌出版金鼎獎：幼獅少年

優良雜誌出版推薦：資訊小子雜誌、小小牛頓幼兒月刊雜誌、小朋友巧連智快樂版雜誌

圖書類：

圖書出版金鼎獎：寫給少年的──臺灣早期童玩野趣

優良圖書出版推薦：蔚藍的太平洋日記、圓神、十一個小紅帽、玩什麼

漫畫類：

漫畫出版金鼎獎：淡水的前世今生

優良漫畫出版推薦：橘子炸彈、漫畫身體的奧秘

廿一日　聯合報讀書人周刊一九九八年最佳書獎揭曉。童書類得獎名單如下：

繪本類：

微笑的魚／玉山社

那裡有條界線／遠流

媽媽的紅沙發／三之三文化（翻譯）

瞬間收藏家／格林文化（翻譯）

「我會愛」精選繪本（六冊）／遠流（翻譯）

讀物類：

咕咕精與小老頭／人本

　　　　　愛男生／臺灣商務印書館
　　　　　「創意小畫家」系列／三民（翻譯）
　　　　　男孩／幼獅文化（翻譯）
　　　　　從野地誕生的科技文明／藍墨水（翻譯）

廿五日　鞋子兒童實驗劇團今年年底的壓軸好戲——「門神報到」，即
　　　　日起在臺北市藝術教育館舉行，為期三天，公演五場。

卅一日　一九九八開卷好書獎十大好書：「最佳童書、最佳青少年圖
　　　　書」揭曉。

　　　　最佳童書：
　　　　　一、我不知道我是誰／格林文化
　　　　　二、我的爸爸是流氓／小兵
　　　　　三、我的妹妹聽不見／遠流
　　　　　四、森林裡的秘密／玉山社
　　　　　五、跟著爺爺看／遠流
　　　　　六、螢火蟲之歌／紅蕃茄
　　　　　七、藍鯨是世界最大的東西嗎？／台灣英文雜誌社

　　　　最佳青少年圖書：
　　　　　一、不好意思／民生報
　　　　　二、妙妙和梭魚／小知堂
　　　　　三、伽利略／格林文化

一九九九年度兒童文學書目

兒童讀物研究中心整理

　　本文所收書目以文學性創作及論述為主。期間，文學性創作以中文書為主，而論述則兼收譯作。

一九九九年兒童文學創作書目

書名	作者	出版地	出版社	出版日期	開數	頁數	備註
妹妹的紅雨鞋	林煥彰	臺北縣	富春文化事業公司	1月	24	109	中英對照本兒童詩
偵探班出擊	傅林統	臺北縣	富春文化事業公司	1月	24	218	推理小說
鳥語廣播電臺	鍾寬洪	臺北市	國際少年村	1月	24	154	
真愛小英雄	改寫／陳澤芬	臺北市	正中書局	1月	24	128	歷史故事
鳳凰山傳奇	劉台痕	臺北市	九歌出版社	2月	24	182	小說
姑姑家的夏令營	鄭宗弦	臺北市	九歌出版社	2月	24	219	小說
少年行星	眠月	臺北市	九歌出版社	2月	24	165	小說
ㄅㄡ ㄍㄧˋ之家	朱秀芳	臺北市	九歌出版社	2月	24	189	小說
十一歲意見多	王淑芬	臺北市	小兵出版社	2月	19.5×20.5	162	故事
王叫獸和他的學生	江連居	臺北市	大芃出版社	2月	24	204	小說
臺灣民間故事	王詩琅	臺北市	玉山社出版事業公司	2月	24×19	153	民間故事
臺灣歷史故事	王詩琅	臺北市	玉山社出版事業公司	2月	24×19	189	故事
兩隻小豬	陳瑞璧	臺北縣	富春文化事業公司	2月	24	216	散文

書名	作者	出版地	出版社	出版日期	開數	頁數	備註
阿嗡嗡的志願	文／王淑芬 圖／羅安琍	臺北市	小魯文化事業公司	2月	菊12K	48	《王淑芬妙點及故事集》之1
第三隻眼	郭心雲	臺北市	國語日報社	2月	24	187	故事
童話	編著／史軍超	臺北市	漢藝色妍文化事業公司	2月	24	207	童話
三隻小老鼠	張友漁	臺北市	文經出版社	3月	24	187	童話
黑面琵鷺來作寫	文／謝安通 攝影／陳加盛 圖／鍾真真	臺南縣	臺南縣立文化中心	3月	26.5×22	27	南瀛之美圖畫書系列
我家在鹽水	文、攝影／謝玲玉 改寫／陳玉珠 圖／江彬如	臺南縣	臺南縣立文化中心	3月	26.5×22	27	南瀛之美圖畫書系列
關仔嶺好迌迌	文／陳玉珠 圖、攝影／陳麗雅	臺南縣	臺南縣立文化中心	3月	26.5×22	27	南瀛之美圖畫書系列
麻豆阿公種文旦	文／陳玉珠 圖、攝影／陳麗雅	臺南縣	臺南縣立文化中心	3月	26.5×22	27	南瀛之美圖畫書系列
蜈蚣出巡	文、攝影／黃文博 圖／陳敏捷	臺南縣	臺南縣立文化中心	3月	26.5×22	27	南瀛之美圖畫書系列
逛奇美博物館	文／蘇振明 插畫／張哲銘	臺南縣	臺南縣立文化中心	3月	26.5×22	27	南瀛之美圖畫書系列

書名	作者	出版地	出版社	出版日期	開數	頁數	備註
	圖片／奇美博物館						
寓言	編著／史軍超	臺北市	漢藝色研文化事業公司	3月	24	223	寓言
童年霄裡溪──客家風情與我	吳家勳	臺北市	正中書局	3月	24	127	散文
童話娃娃屋	文／管家琪圖／幾米	臺北市	臺北市新聞局	3月	25×20	137	童話
劉羅鍋傳奇	管家琪	臺北市	聯經出版事業公司	3月	24	159	故事
橡皮糖	陳璐茜	臺北市	民生報社	3月	24	190	童話
濟公傳奇	吳燈山	臺北市	聯經出版事業公司	3月	24	167	故事
一朵雲	喬傳藻	臺北市	民生報社	4月	24	199	散文
一百個冰淇淋	文／王淑芬圖／施政廷	臺北市	小魯文化事業公司	4月	菊12K	48	《王淑芬妙點子故事集》之4
小胖鱷魚的驚人之旅	張秋生	臺北市	天衛文化圖書公司	4月	菊16K	240	童話
不會噴火的龍	文／王淑芬圖／林純純	臺北市	小魯文化事業公司	4月	菊12K	48	《王淑芬妙點子故事集》之2
少年的我	郭心雲	臺北縣	富春文化事業公司	4月	24	121	小說

書名	作者	出版地	出版社	出版日期	開數	頁數	備註
沒有圍牆的花園	主編／顏崑陽	臺北市	幼獅文化事業公司	4月	24	163	散文
妮子家的事	陳素宜	臺北市	民生報社	4月	24	217	散文
爸爸的老家失蹤了——風景畫	文／黃于玲 圖／龔雲鵬	臺北市	南畫廊	4月	16K	40	臺灣美術童話書2
花布上的春天——靜物畫	文／黃于玲 圖／龔雲鵬	臺北市	南畫廊	4月	16K	40	臺灣美術童話書1
神氣牛仔	張友漁	臺北市	文經出版社出版公司	4月	24	198	童話
笑話	編著／史軍超	臺北市	漢藝色研文化事業公司	4月	24	223	笑話
假裝是魚	文、圖／林小杯	臺北市	信誼基金出版社	4月	18×19.5	無	繪本
甜雨	文／孫晴峰 圖／唐壽南	臺北市	民生報社	4月	24	305	童話
野蠻的風	班馬	臺北市	民生報社	4月	24	280	小說
最佳女主角	林少雯	臺北縣	富春文化事業公司	4月	24	153	故事
黑白雙鼠	文／王淑芬 圖／黃雄生	臺北市	小魯文化事業公司	4月	菊12K	48	《王淑芬妙點子故事集》之5
葉上花樹	韋伶	臺北市	民生報社	4月	24	184	小說
誰在敲門	文、圖／崔麗君	臺北市	信誼基金出版社	4月	16K	無	繪本

書名	作者	出版地	出版社	出版日期	開數	頁數	備註
橘子小羊	文／王淑芬 圖／黃子瑄	臺北市	小魯文化事業公司	4月	菊12K	48	《王淑芬妙點子故事集》之3
魔法大會串	揚歌	臺北市	天衛文化圖書公司	4月	菊16K	224	童話
龍燈	文／蘇秀絨 圖／黃茗莉	臺北市	國語日報	5月	19×26	40	圖畫書
天燈照平安	文／陳木城 圖／孫基榮	臺北市	國語日報	5月	19×26	40	圖畫書
元宵姑娘	文／管家琪 圖／劉淑如	臺北市	國語日報	5月	19×26	40	圖畫書
地球小英雄	王天福	臺北縣	富春文化事業公司	5月	24	125	兒童劇
忘了時間的鐘——第六屆師院生兒童文學創作獎作品集	黃斯駿等	嘉義市	嘉師語教系	5月	24	339	童話、童詩
虎哥重回森林	張友漁	臺北市	文經出版社	5月	24	190	童話
胖國王	文、圖／張蓬潔	臺北市	信誼基金出版社	5月	20×26	無	繪本
飛魚	文／夏本奇伯愛雅 圖／劉於晴	臺北市	常民文化事業公司	5月	17×23.5	143	雅美族民間故事
尋找阿莉茉	張友漁	高雄市	高雄市文化中心管理處	5月	24	126	第十七屆高雄市文藝獎兒童

書名	作者	出版地	出版社	出版日期	開數	頁數	備註
							文學類首獎作品。小說
童年往事	吳訓儀	臺北縣	富春文化事業公司	5月	24	133	散文
童話珍珠派	方素珍	宜蘭縣	宜蘭縣立文化中心	5月	24×26	71	童話
媽媽在美麗的花園	唐潤鈿	臺北縣	富春文化事業公司	5月	24	160	小說
獨木舟	文／夏本奇伯愛雅 圖／劉於晴	臺北市	常民文化事業公司	5月	17×23.5	143	雅美族民間故事
貓人	文／邱惠瑛 圖／七星潭	臺北市	毛毛蟲兒童哲學基金會	5月	24	235	童話
媽祖林默娘	文／黃女娥 圖／葉慧君	臺北市	國語日報	6月	19×26	40	圖畫書
寒食與清明	文／陳木城 圖／洪義男	臺北市	國語日報	6月	19×26	40	圖畫書
一個女孩	陳丹燕	臺北市	民生報社	6月	24	385	小說
白玉狐狸	馬景賢	臺北市	小魯文化事業公司	6月	菊16K	224	小說
地圖女孩 VS. 鯨魚男孩	王淑芬	臺北市	小魯文化事業公司	6月	菊16K	192	小說
快樂公司	文／王淑芬 圖／羅安琍	臺北市	小魯文化事業公司	6月	菊12K	48	《王淑芬妙點子故事集》之7

書名	作者	出版地	出版社	出版日期	開數	頁數	備註
我的左手筆記	王淑芬	臺北市	幼獅文化事業公司	6月	24	109	散文
兩個獸皮袋	楊明芳等	臺北市	臺灣省政府教育廳臺灣書店	6月	16	426	臺灣省第十二屆兒童文學創作專輯。小說
爸爸的三個錦囊	柯錦鋒	臺北縣	富春文化事業公司	6月	24	160	小說
科學家兔子丁丁	吳燈山	臺北市	文經出版社	6月	24	155	童話
祕密小兔	張友漁	臺北市	文經出版社	6月	24	183	童話
張小二	林加春	臺北縣	富春文化事業公司	6月	24	160	小說
甜玉米和爆米花	管家琪	臺北市	幼獅文化事業公司	6月	24	182	小說
蚯蚓泡泡戰	唐土兒	臺北市	小兵出版社	6月	20.5×21	161	生活故事
尋人啟事	李潼	臺北市	幼獅文化事業公司	6月	24	241	散文
減肥怪招	文／王淑芬 圖／伍幼琴	臺北市	小魯文化事業公司	6月	菊12K	48	《王淑芬妙點子故事集》之6
結婚遊戲	劉綺	臺北市	民生報社	6月	24	235	散文

書名	作者	出版地	出版社	出版日期	開數	頁數	備註
傷心 Cheese Cake	管家琪	臺北市	幼獅文化事業公司	6月	24	151	小說
科學少年	詹冰	臺中市	臺中市立文化中心	6月	24	188	作家作品集
巧姑娘的鵲橋	文／管家琪 圖／吳嘉鴻	臺北市	國語日報	7月	19×26	40（一）	圖畫書
妙妙村妙妙事（一）	林少雯	臺北市	中華日報出版部	7月	24	233（二）	童話
妙妙村妙妙事（二）	林少雯	臺北市	中華日報出版部	7月	24	250	童話
拍桌子青蛙	文／王淑芬 圖／姜春年	臺北市	小魯文化事業公司	7月	菊12K	48	《王淑芬妙點子故事》之9
春珠村傳奇	文／李雀美 圖／蔡裕標	臺北縣	富春文化事業公司	7月	24	234	少年小說
烽火歲月	文／鮑曉輝 圖／貓頭鷹工作室	臺北縣	富春文化事業公司	7月	24	209	少年小說
阿公放蛇	陳瑞璧	臺北市	九歌出版社	7月	24	142	少年小說
藍溪記事	匡立杰	臺北市	九歌出版社	7月	24	156	少年小說
姊妹	劉碧玲	臺北市	九歌出版社	7月	24	153	少年小說
第一百面金牌	鄭宗弦	臺北市	九歌出版社	7月	24	183	少年小說

書名	作者	出版地	出版社	出版日期	開數	頁數	備註
黃乃輝說故事（一）	黃乃輝、吳燈山	臺北市	文經出版社	7月	24	191	兒童故事
矮丈夫	文／葛冰 圖／徐秀美	臺北市	民生報社	7月	24	228	童話
夢幻特技團	文／郁化清 圖／陳炫諭	臺北縣	富春文化事業公司	7月	24	203	童話
豬大王	文／王淑芬 圖／楊麗玲	臺北市	小魯文化事業公司	7月	菊12K	48	《王淑芬妙點子故事集》之10
豬愛老鼠	文／王淑芬 圖／林純純	臺北市	小魯文化事業公司	7月	菊12K	48	《王淑芬妙點子故事集》之8
兩個我	黃基博	高雄市	百盛文化出版公司	7月	24	193	青少年童話
童年無忌	羊牧	高雄市	百盛文化出版公司	7月	24	213	青少年散文
草地男孩	張榮彥	高雄市	百盛文化出版公司	7月	24	195	青少年小說
月光下的小鎮	鍾鐵民	高雄市	百盛文化出版公司	7月	24	189	青少年小說
全新吳姊姊講歷史故事（注音版）42-50計九冊	吳涵碧	臺北市	皇冠文化出版公司	7月	24		歷史故事

書名	作者	出版地	出版社	出版日期	開數	頁數	備註
灶王爺	文／張劍鳴 圖／林鴻堯	臺北市	國語日報	7月	19×26	40	圖畫書
霓裳羽衣曲	文／楊雅惠 圖／謝佳玲	臺北市	國語日報	8月	19×26	40	圖畫書
一本火柴盒	文、圖／ 羅青	臺北市	民生報社	8月	24	181	少年詩
不睡覺的國王	文／吳燈山 圖／陳維霖	臺北縣	富春文化事業公司	8月	24	168	童話
水底學校	文／林鍾隆 圖／林鴻堯	臺北縣	富春文化事業公司	8月	24	250	童話
玉山的白帽子	文／陳啟淦 圖／林傳宗	臺北縣	富春文化事業公司	8月	24	148	童話
再見小童	林世仁	臺北市	民生報社	8月	24	195	童話
如何謀殺一首詩	王淑芬	臺北市	民生報社	8月	24	210	少年詩
長了韻腳的馬	文／張嘉驊 圖／賴馬	臺北市	國語日報社	8月	24	183	童話
唐詩裡的故事	李炳傑編著	臺北市	國語日報社	8月	24	222	故事
家是我放心的地方	文／林煥彰 圖／施政廷	臺北縣	富春文化事業公司	8月	21.5×24	53	童詩
黃乃輝說故事（二）	黃乃輝、簡偉娟	臺北市	文經出版社	8月	24	191	兒童故事
龍弟下凡	張友漁	臺北市	文經出版社	8月	24	188	童話
蟬為誰鳴	張之路	臺北市	民生報社	8月	24	291	少年小說
小紅鞋	文／潘郁琦 圖／鍾易真	臺北市	耶魯國際文化事業公司	8月	24	203	童詩

書名	作者	出版地	出版社	出版日期	開數	頁數	備註
貓臉花與貓	文／孫晴峰 圖／劉宗指	臺北市	遠流出版事業公司	8月	20×26	30	圖畫書
三個我去旅行	文、圖／陳璐茜	臺北市	遠流出版事業公司	8月	20×26	24	圖畫書
小莫那上山	文／劉曉蕙 圖／溫孟威	臺北市	台灣英文雜誌社	8月	19×26	28	圖畫書
牛郎織女	文／蔡惠光 圖／柯光輝	臺北市	國語日報	8月	19×26	40	圖畫書
吳剛砍桂樹	文／林良 圖／龔雲鵬	臺北市	國語日報	9月	19×26	40	圖畫書
鍾馗捉鬼	文／張劍鳴 圖／洪義男	臺北市	國語日報	9月	19×26	40	圖畫書
彩繪玻璃海洋	文／侯維玲 圖／洪波	臺北市	小魯文化事業公司	9月	菊16K	176	兒童散文
黃乃輝說故事（三）	黃乃輝、萬麗敏、萬麗慧	臺北市	文經出版社	9月	24	191	兒童故事
我的爸爸不上班	文、圖／施政廷	臺北市	信誼基金出版社	9月	20×21	24	圖畫書
根鳥	曹文軒	臺北市	民生報社	9月	24	423	少年小說
希望的河水	楊蔚齡	臺北市	正中書局	9月	24	110	少年散文
家住愛丁堡	賴曉珍	臺北市	民生報社	9月	24	228	遊記
花蕊紅紅葉青青	文／林玉鳳 圖／林鴻堯	臺北市	民生報社、稻田出版公司	9月	19×26	64	臺語詩歌繪本

書名	作者	出版地	出版社	出版日期	開數	頁數	備註
風島飛起來了	張嘉驊	臺北市	小魯文化事業公司	9月	菊16K	176	兒童散文
黃乃輝說故事（四）	黃乃輝、陳素宜	臺北市	文經出版社	10月	24	191	兒童故事
月亮忘記了	文、圖／幾米	臺北市	格林文化事業公司	10月	20×20	112	圖畫書
黃乃輝說故事（五）	黃乃輝、吳燈山	臺北市	文經出版社	10月	24	190	兒童故事
毒牙蛇找朋友	張友漁	臺北市	文經出版社	10月	24	172	童話
烏魯木齊先生的假期	文、圖／黃郁欽	臺北市	國語日報社	10月	19×26	32	圖畫書
怕黑的貓頭鷹	文、圖／莊姿萍	臺北市	國語日報社	10月	19×26	32	圖畫書
小小其實並不小	文、圖／林芬名	臺北市	國語日報社	10月	19×26	32	圖畫書
超級哥哥	文／趙美惠 圖／崔永嬿	臺北市	國語日報社	10月	19×26	32	圖畫書
冰山	文／廖婉秀 圖／胡孟宏	臺北市	國語日報社	10月	19×26	32	圖畫書
愛睡覺的小妹頭	文／李國銘 圖／林玉玲	臺北市	國語日報社	10月	19×26	32	圖畫書
小灰吃玉米	文、圖／王金選	花蓮市	幼翔文化事業出版社	10月	19×24	32	圖畫書
小黑仔愛做夢	文／方素珍 圖／王惟慎	花蓮市	幼翔文化事業出版社	10月	19×24	32	圖畫書
不快樂的大巨人	文／陳秋惠 圖／【蝴蝶找貓】兒童創意工作室	臺北市	格林文化事業公司	10月	21×30	63	互動繪本

書名	作者	出版地	出版社	出版日期	開數	頁數	備註
打開藏愛的冰箱	李俊東	臺北市	正中書局	10月	24	161	少年散文
烏煙公公	主編／潘人木	臺北市	民生報社	10月	24	178	兒童散文
好吃的小東西	主編／潘人木	臺北市	民生報社	10月	24	180	兒童散文
小魯的羽毛	文／王秀園圖／莊姿萍	臺北縣	狗狗圖書公司	10月	24×24	39	圖畫書
小亮的煙火實驗	文／王秀園圖／劉思伶	臺北縣	狗狗圖書公司	10月	24×24	39	圖畫書
超人氣戀愛講座──在朝陽升起的地方等你！	吳若權	臺北市	幼獅文化事業公司	11月	25	161	少年小說
鼠的祈禱	潘人木	臺北市	民生報社	11月	24	316	兒童散文
我的名字叫希望	周姚萍	臺北市	小魯文化事業公司	11月	菊16K	176	兒童小說
鳥人七號	文／侯維玲圖／唐壽南	臺北市	國語日報社	11月	24	57	童話
我愛藍樹林	文／張嘉驊圖／謝祖華	臺北市	國語日報社	11月	24	68	童話
魔幻之鏡	文／蒙永麗圖／郝洛玫	臺北市	國語日報社	11月	24	60	童話
莫克與恰克	文／周世宗圖／周燁	臺北市	國語日報社	11月	24	67	童話
花巫婆的寵物店	文／洪志明圖／龔雲鵬	臺北市	國語日報社	11月	24	59	童話

書名	作者	出版地	出版社	出版日期	開數	頁數	備註
我是一隻電話蟲	游鎮維	臺北縣	富春文化事業公司	11月	25	169	童話
戰馬追風	文／張友漁 圖／陳學建	臺北市	文經出版社	11月	25	199	童話
我被親了好幾下	文、圖／林小杯	臺北市	信誼基金出版社	11月	20×21	24	圖畫書
月亮來看我	文／薇薇夫人 圖／貓頭鷹	臺北市	台灣英文雜誌社	11月	19×26	28	圖畫書
兩道彩虹——我們一起走過九二一	文／王文華 圖／蔡兆倫	臺北市	小兵出版社	12月	19×20.5	160	兒童故事
臺灣的兒女（全套十六冊）	李潼	臺北市	圓神出版社	12月	24	各冊不等	少年小說

一九九九年兒童文學論述書目

書名	作者（譯者）	出版地	出版社	出版日期	開數	頁數	備註
兒童文學與美感教育	趙天儀	臺北縣	富春文化事業公司	1月	25	278	
不一樣的教室	王淑芬	臺北市	天衛文化圖書公司	1月	菊16K	192	
小腦袋大思考	石朝穎	臺北市	新迪文化公司	2月	25	151	
手拿褐色蠟筆的女孩	文／V.G. 裴利 譯／楊茂秀	臺北市	成長文教基金會	2月	25	201	

書名	作者（譯者）	出版地	出版社	出版日期	開數	頁數	備註
在繪本花園裡——和孩子們共享繪本的樂趣	林真美等	臺北市	遠流出版公業公司	2月	25	98	
來玩閱讀的遊戲	沈惠芳	臺北縣	螢火蟲出版社	2月	16	153	
施老師作文教室	施坤鍵	高雄市	派色文化出版社	2月	25	326	
童話裡的智慧——和小孩在故事中成長	廖清碧	臺北市	探索文化事業公司	2月	25	221	
跨世紀臺灣兒童文學的展望	林煥彰等	臺北市	中華民國兒童文學學會	3月	16	39	
人生高手——小寓言、大智慧	謝鵬雄	臺北市	文經出版社	4月	25	253	
多元智能創作思考教室——國語篇	主編／王萬清	高雄市	高雄復文圖書出版社	4月	23.5×17	200	
神奇的窗戶——中國兒童詩歌賞析	主編／莫渝	臺北縣	富春文化事業公司	4月	25	193	
童話裡看人生	文／森省二 譯／于佳琪	臺北縣	駿達出版公司	4月	25	181	
遇見安徒生	主編／楊豫馨	臺北市	遠流出版事業公司	4月	25	182	
豐收的期待——少年小說、童話評論集	傅林統	臺北縣	富春文化事業公司	4月	25	263	

書名	作者（譯者）	出版地	出版社	出版日期	開數	頁數	備註
1999臺灣現代劇場研討會論文集：兒童劇場	主編／成功大學中文系	臺北市	行政院文化建設委員會	5月	23×16	321	
李潼的兒童文學筆記	李潼	宜蘭縣	宜蘭縣立文化中心	5月	25	195	
兒童文學評論集	洪志明	臺中市	臺中市立文化中心	6月	25	212	
文學對話錄——與蘭陽作家有約（上、下）	宋隆全編著	宜蘭縣	宜蘭縣立文化中心	6月	25	454	
少年小說創作坊——李潼答客問	李潼	臺北市	幼獅文化事業公司	6月	25	277	
臺灣區域兒童文學概述	主編／林文寶	臺東市	臺東師院兒文所	6月	25	284	
林老師服務手冊	林老師聯誼會資料檔案組	臺北市	臺北市立圖書館	6月	25	113	
寫給兒童的好童詩	編著／杜榮琛	臺北市	小魯文化事業公司	6月	菊16K	208	
用新觀念學童詩（一）	洪志明編著	臺北縣	螢火蟲出版社	7月	19×26	115	
我是壞孩子？	李苑芳	臺北市	臺視文化事業公司	7月	25	236	
兒童文學概論	主編／黃雲生	臺北市	文津出版社	7月	25	416	
童話許願戒	文／亞瑟・羅森　譯／陳柏蒼	臺北市	人本自然文化事業公司	7月	25	257	

書名	作者（譯者）	出版地	出版社	出版日期	開數	頁數	備註
少年小說大家讀──啟蒙與成長的探索	張子樟	臺北市	天衛文化圖書公司	8月	菊16K	288	
令人戰慄的格林童話	文／桐生操　譯／許嘉祥	臺北市	旗品文化出版社	8月	32	203	
臺灣兒童文學手冊	洪文瓊編著	臺北市	傳文文化事業公司	8月	19×26	90	
第五屆亞洲兒童文學大會──二十一世紀的亞洲兒童文學論文集	林良等64人	臺北市	中華民國兒童文學學會	8月	19×26	221	
新世紀兩岸兒童文學研究發展（論文集‧大陸卷）	陳子君等16人18篇	臺北市	中華民國兒童文學學會	8月	19×26	102	
新世紀兩岸兒童文學研究發展（論文集‧臺灣卷）	林煥彰等10人	臺北市	中華民國兒童文學學會	8月	19×26	84	
讀書治療	王萬清	臺北市	心理出版社	8月	25	259	
臺灣‧兒童‧文學	主編／林文寶	臺東市	臺東師院兒文所	8月	25	185	
用新觀念學童詩（二）	洪志明編著	臺北縣	螢火蟲出版社	9月	19×26	130	
令人戰慄的格林童話（Ⅱ）	文／桐生操　譯／許嘉祥	臺北市	旗品文化出版社	10月	32	250	
童書是童書	黃迺毓	臺北市	財團法人基督教宇宙光	10月	19×21	301	

書名	作者（譯者）	出版地	出版社	出版日期	開數	頁數	備註
			全人關懷機構				
鞋帶劇場——輕輕鬆鬆玩戲劇	文／Nelie McCaslin 譯／馮光宇	臺北市	財團法人成長文教基金會	10月	20.5×18.5	130	
炒一盤作文的好菜	作者／孫晴峰 教學示範／吳蕙芳	臺北市	東方出版社	10月	25	457	增訂新版
成人讀書會——探索團體的經營	財團法人毛毛蟲兒童哲學基金會	臺北市	行政院文化建設委員會	11月	24	175	
穿一件故事的彩衣——故事媽媽的服務經驗	財團法人毛毛蟲兒童哲學基金會	臺北市	行政院文化建設委員會	11月	24	123	
探索兒童文學	蔡尚志	嘉義市	嘉義市立文化中心	11月	25	337	
幼兒文學	鄭瑞菁	臺北市	心理出版社	11月	17×23	425	
兒童文學與兒童語言等術研討會：少年小說論文集	趙天儀等	臺北縣	富春文化事業公司	11月	25	259	
傑出圖畫書插畫家——歐美篇	鄭明進	臺北市	雄獅圖書公司	11月	20×29	175	
傑出圖畫書插畫家——亞州篇	鄭明進	臺北市	雄獅圖書公司	11月	20×29	175	

書名	作者（譯者）	出版地	出版社	出版日期	開數	頁數	備註
歡欣歲月——李利安・H・史密斯的兒童文學觀	譯／傅林統	臺北縣	富春文化事業公司	11月	25	405	
社區兒童讀書會帶領人入門手冊	財團法人毛毛蟲兒童哲學基金會	臺北市	行政院文化建設委員會	12月	24	181	
第二屆原住民音樂世界研討會論文集（童謠篇）	孔文吉、巴奈・母路	花蓮縣	原住民音樂文教基金會	12月	20×29	312	
夢想的翅膀	郝廣才	臺北市	格林文化事業公司	12月	19×26	95	

國家圖書館出版品預行編目（CIP）資料

兒童文學與書目. 三 / 林文寶著；張晏瑞主
編. -- 初版. -- 臺北市：萬卷樓圖書股份
有限公司, 2021.12
　　面；　　公分. --（林文寶兒童文學著作集.
第二輯）
ISBN 978-986-478-581-0(全套)
ISBN 978-986-478-575-9(第三冊：精裝)

1.兒童文學 2.兒童讀物 3.目錄

　863.099　　　　　　110021565

林文寶兒童文學著作集　第二輯　書目編

兒童文學與書目（三）

作　　者　林文寶
主　　編　張晏瑞

出　　版　萬卷樓圖書股份有限公司
發行人　林慶彰
總經理　梁錦興
總編輯　張晏瑞
聯　　絡　電話 02-23216565　　　傳真 02-23944113
　　　　　網址 www.wanjuan.com.tw
　　　　　郵箱 service@wanjuan.com.tw
地　　址　106 臺北市羅斯福路二段 41 號 6 樓之三
印　　刷　百通科技股份有限公司
初　　版　2021 年 12 月
定　　價　新臺幣 12000 元　全套八冊精裝　不分售
ISBN　978-986-478-581-0(全套)
ISBN　978-986-478-575-9(第三冊：精裝)